사춘기 아들
갱년기 아빠는
성숙해지는
중입니다

사춘기 아들 갱년기 아빠는 성숙해지는 중입니다

초판 1쇄 인쇄 2024년 7월 15일
1쇄 발행 2024년 7월 31일

지은이 신재호
대표·총괄기획 우세웅

책임편집 한홍
기획편집 강수아
북디자인 김세경

종이 페이퍼프라이스㈜
인쇄 ㈜다온피앤피

펴낸곳 슬로디미디어
출판등록 2017년 6월 13일 제25100-2017-000035호
주소 경기 고양시 덕양구 청초로66, 덕은리버워크 지식산업센터 A동 15층 18호
전화 02)493-7780 **팩스** 0303)3442-7780
홈페이지 slodymedia.modoo.at **전자우편** wsw2525@gmail.com

ISBN 979-11-6785-212-0 (03810)

청소년 상담사 아빠가 들려주는
내 아이와 행복하게 사는 법

신재호 지음

사춘기 아들 갱년기 아빠는 성숙해지는 중입니다

SEOLREM
설렘

추천사

이 책은 사춘기 아들을 둔 아빠가 겪은 좌절과 당혹감의 솔직한 고백이며, 그것을 극복하는 과정에서 얻은 지혜의 나눔이다. 저자의 진솔함이 주는 감동이 있고, 아들의 마음을 여는 반짝이는 아이디어가 생생하다. 흔들리는 사춘기 자녀들을 위해 아빠가 어떻게 '안전기지'가 되어줄 수 있는지, 다양한 예를 들면서 차근차근 설명해준다.

— 정남운(가톨릭대학교 심리학과 교수)

30년 동안 청소년 상담 현장에서 '아버지' 역할의 부재와 그로 인한 부정적인 영향을 자주 접했는데, 안타까울 때가 많았다. 특히 상대적으로 부모 교육을 받을 기회가 적은 아버지들에게 부모의 역할을 설명하고 도움을 주기가 쉽지 않았는데, 마침 청소년 상담사가 아버지들을 위해 쓴 책이 나온다고 하니 반갑다. 이 책을 읽는 모든 독자가 텔레마코스에게 지혜를 전해주던 오디세우스의 친구 멘토르의 지혜를 경험하길 빈다.

— 백중하(화성시청소년상담복지센터 센터장)

아버지와 아들. 신기하게도 이 단어에 대한 느낌은 사람에 따라 다릅니다. 자신의 관계 경험으로 단어를 받아들이기 때문이지요. 혹시 어색하고 멀게 느껴지나요? 여기, 사춘기—갱년기라는 발달 과정의 격랑 속에서도 서로를 포기하지 않고 관계를 회복하기 위해 분투하는 부자가 있습니다. 이 이야기는 아빠와 아들의 동반 성장기이자, 흔들리고 휘청이며 서로를 단념하고 싶은 부모 자녀 관계에 대한 새로운 나침반입니다. 떠올리며 한숨을 내쉬기보다는, 서로의 삶을 응원해주는 인생의 동반자로서 자녀와 관계 맺길 원하는 분들께 이 책을 추천합니다.

— 변상우(서울예술대학교 예술창작기초학부 교수, 한국상담심리학회 부학회장)

사춘기는 몸의 성장과 더불어 뇌 역시 활발하게 발달하는 시기입니다. 특히 청소년의 정서 조절과 관련된 전두엽 발달은 지지적인 분위기에서 정서를 언어화(표현)하는 것과 큰 관련이 있습니다. 이 책은 갱년기를 겪으며 사회적으로 바쁜 나날을 보내면서도 자녀의 마음에 다가가려고 애쓰는 아빠의 고군분투를 그립니다. 저출생 시대, 아버지의 육아 참여가 어느 때보다 강조되고 있는 이 시기에 아버지의 역할에 대해 한 번쯤 생각하게 됩니다.

— 양근원(부천시청소년상담복지센터 부장)

상담 전문가에게도 사춘기 아이와의 시간은 결코 녹록하지 않아, 작가가 들려주는 당황스러움과 혼란에 깊이 공감합니다. 그래서 10대 아이의 마음과 중년 어른의 마음을 두루 안아주는 신재호 작가의 책이 더욱 반갑습니다. 진솔하고 편안한 글로 공감을 건네기에, 위로와 힘을 채워주는 글에 저도 마음을 기댑니다. 청소년 내담자를 만나는 상담자로서도, 10대 아이를 키우는 중년의 부모로서도, 든든한 지원군으로 다가오는 책입니다.

— 신동주(시선심리상담센터 센터장)

프롤로그

누구나 겪지만,
쉽지 않은 사춘기

퇴근하고 집에 들어가면, 제일 먼저 '똑똑' 하고 아들의 방문을 두드립니다.

"아빠 들어가도 돼?"
"응."

문을 열면 책상 위에 잔뜩 쌓인 참고서 사이로 몹시 피곤한 아들이 보입니다. 우리 부자는 자연스레 포옹한 후, 전쟁 같았던 일터와 학교 생활에 대해 이야기를 잠시 나눕니다. 그 잠깐의 순간이 저에게는 빼놓을 수 없는 하루의 마침표가 되었네요.

사실 이런 평화가 온 지는 얼마 되지 않았습니다. 아들이 중학교에 들어갈 무렵, 본격적인 사춘기가 시작되었습니다. 유난히 나를 따랐던 아이가 갑작스레 거리를 두고, 방문을 굳게 닫는 모습에 큰 상처를 받았습니다. 어디 그뿐인가요? 툭하면 심한 말로 마음의 생채기를 내기 일쑤였습니다. 하필 그 시기에 저 역시 갱년기가 시작되었고, 사소한 일에도 자주 부딪히고 감정의 골이 점점 깊어졌습니다.

절정의 시기는 아들이 중학교 2학년에 올라가고 얼마 후에 왔습니다. 늦은 퇴근길에 아내에게서 다급한 연락이 왔는데, 아이가 학원도 가지 않고 연락도 되지 않는다고 했습니다. 그날도 아내와 아들이 학업 문제로 크게 다퉜다는데, 혹여 무슨 일이 생긴 것은 아닌지 불안이 활화산처럼 타올랐습니다. 아이에게 여러 차례 전화해봤지만 연결되지 않았습니다. 순간 머릿속이 하얗게 변했고, 오만가지 안 좋은 상상만 떠올랐습니다.

다행히 아이는 나중에 문자를 받아 집 근처 안양천에 있다고 했습니다. 자정이 다 된 시각, 아들을 찾아 뛰어갔습니다. 핸드폰 배터리가 방전되었는지 연락이 닿지 않아 정신없이 헤매다가, 저 멀리 의자에 앉아 있는 아이를 발견했습니다.

그곳엔 땀을 잔뜩 흘린 아들이 고개를 푹 숙인 채 앉아 있었습니다. 아내와 다툰 후 곧장 이곳으로 와서 장장 8시간을 혼자서 걸었다는데, 얼마나 힘들었으면 그랬을까 싶어서 마음이 찢어질 듯 아팠습니다. 저도 모르게 아들을 꽉 껴안고 왈칵

울음을 쏟아냈습니다. 그날 아무 말도 하지 않고 함께 집에 왔습니다.

이대론 안 되겠다는 생각이 들었습니다. 그때부터 아이와 함께 할 수 있는 걸 적극적으로 찾아 나섰습니다. 아들이 좋아하는 게임도 해보고, 시간 내서 운동도 같이 하고, 주말엔 등산도 가는 등 아이에게 다가가려 끊임없이 노력했지요. 무엇보다 아이의 말에 귀를 기울이고, 때론 적당히 거리 두기도 하면서 아이가 숨 쉴 틈을 만들어주었습니다. 그랬더니 어느 순간 굳게 닫힌 문이 서서히 열리기 시작했습니다.

사춘기는 누구나 겪을 수밖에 없는 통과의례임을 머리로는 이해하지만, 막상 닥치고 보니 쉽지 않았습니다. 그동안 청소년 분야에서 오래도록 상담과 교육을 해왔으면서도, 정작 내 아이의 마음은 제대로 헤아리지 못했습니다. 사는 게 바쁘다는 핑계로 말이죠. 갱년기의 민감함까지 더해져 끝이 보이지 않는 터널에 갇힌 듯 무력했습니다.

시간이 지나면 자연스레 지나가리라 믿었건만, 지금 와서 돌이켜 보니 무지한 부모였습니다. 좀 더 일찍 노력했다면 그 험난한 시기를 빨리 넘길 수 있었을 텐데, 아쉬움도 남습니다. 아이의 증상을 세심하게 살피는 것도 중요하지만, 갱년기를 겪고 있는 부모도 자신에 대해 잘 알 필요가 있습니다.

그 과정을 가감 없이 글에 담았습니다. 준비 없이 찾아온 아들의 사춘기에 당황해서 저지른 실수, 이해하려는 노력, 그로 인해 다시 찾은 행복의 순간을 말이죠. 중간중간 도움 될 만한 팁도 제시했습니다. 그리고 자칫 그냥 지나칠 수 있는 아이의 상태도 점검하고 부모도 돌아보는 계기를 마련하기 위한 질문까지 넣어두었습니다.

사춘기 시기는 울퉁불퉁한 길을 걷듯 흔들거리고 위태롭지만, 부모가 잘 이해하고 적절하게 대응한다면 훨씬 수월하게 지나갈 수 있으리라 확신합니다. 저와 비슷한 시기를 겪고 있는, 혹은 앞으로 겪을 독자에게 이 책이 좋은 나침반이 되길 진심으로 바라봅니다.

아들의 사춘기가 겨우 끝나나 싶었는데, 딸의 사춘기가 서서히 시작되고 있네요. 또다시 굳게 닫힌 방문과 거리 두는 모습을 바라보며 나도 모르게 두 주먹을 불끈 쥐었습니다. 이제 곧 전쟁의 서막이 열리리란 걸 알기 때문입니다. 이번에는 수월하게 지나가길 바라지만, 제 마음대로 되지는 않겠죠. 그래도 두렵지 않습니다. 아들의 사춘기를 거치며 저 또한 단단해졌기 때문입니다.

마지막으로 힘든 시기를 겪고 있는 모든 부모와 자녀에게 힘내라는 말을 전하고 싶습니다. 이겨낼 수 있습니다. 파이팅!

신재호

차 례

3장

사춘기 극복의 노력

4장

사춘기와 공존 그리고 행복

1장

준비 없이 맞이한 사춘기

사춘기의 서막

나는 대학원에서 상담을 전공했다. 졸업 후엔 청소년 관련 상담센터, 비행예방센터 등 여러 기관에서 근무했고, 그간 무수히 많은 청소년을 만났다. 굳이 이론을 들이대지 않아도, 청소년기가 중요하며 자칫 이 시기를 잘못 보내면 성인이 되어서까지 문제행동이 지속될 수 있음을 경험으로 체득했다.

그래서였는지 나중에 아이가 태어나면 친구같이 편하고 큰 산처럼 든든한 존재가 되리라 다짐했다. 아들이 태어나자마자 인근에 살던 처가와 합쳤다. 맞벌이라 육아에 도움을 받으려던 심산이었다.

그때부터 아들과 장장 7년에 걸친 한 방 생활이 시작되었다. 어릴 때부터 아들은 신체활동을 좋아했다. 푹신한 이불 위에서 몸을 부대끼며 레슬링도 하고, 비행기를 태워달라 조르면 두 발 위에 아이를 엎어놓고 마치 달나라라도 보낼 듯 힘차게 밀었다.

"꺄아~! 더 세게! 아빠, 더 세게 해줘!"
"알았어. 기다려라!"

한바탕 신나게 놀아주고 나면 다리에 힘이 들어가지 않을 정도였지만, 신기하게도 하나도 힘들지 않았다. 아이는 자기 전엔 꼭 내 무릎에 머리를 베고 누웠다. 잠이 들 때까지 나는 아이의 머리를 쓰다듬어주며 책도 읽어주고 상상 속 이야기도 펼쳐보았다. 내 품에서 쌔근쌔근 잠이 드는 모습을 지켜보고 있노라면 세상 무엇과도 바꿀 수 없는 행복이 마음속에 가득했다.

아들이 커갈수록 우리는 취향도 공유했다. 정확히 표현하면 내가 좋아하는 음악, 스포츠, 영화를 주입했다는 말이 맞겠다. 그때만 해도 아이는 스펀지처럼 모두 받아들였다. 심지어 한 해에 마블 영화 모두 보기를 목표로 삼고 지킨 적도 있었다. 나는 그런 아이를 나의 미니미요, 분신처럼 여겼다.

아들이 초등학교 6학년이 되면서 드디어 분가했다. 아들과 딸, 두 아이 모두 자신만의 방이 생겼다. 특히 아들이 입가에 미소가 가득한 채 좋아하며 뛰어다니던 모습이 지금도 생생하다. 책상, 책장, 침대까지 모두 새것으로 바꾸었다. 아들은 처음엔 어색한지 나에게 같이 자자고 졸랐고, 1인용 침대에 둘이 껴서 새우잠을 자곤 했다. 하지만 그 시간은 그리 오래가지 못했다.

점점 방문이 닫히고 점차 아이의 얼굴을 보기가 힘들어졌지만, 방에 있길 좋아하나 보다 하고 대수롭지 않게 넘겼다. 더구나 그 시기에 '코로나 팬데믹'이 온 세상을 덮쳤고, 우리 집도 예외가 아니었다. 아이는 학교를 정상적으로 다니기 어려웠고, 그럴수록 집에 있는 시간이 늘었다. 돌아보면 그 시기에 아들은 눈에 띄게 말수가 줄고 사소한 행동에도 짜증 내는 일이 늘었는데도, 나는 그저 코로나 탓으로 돌렸다.

내 핑계를 대자면 직장 일도 바빴다. 한창 일할 시기였기에 평일엔 늦게 퇴근하기 일쑤였고, 때론 주말에도 나가야 했다. 밖에서 다른 아이들을 신경 쓰면서도 정작 내 아이의 마음이 곪아가는 데는 무심했다. "중이 제 머리 못 깎는다"라는 속담이 나를 보고 한 말이었다.

아들의 사춘기 증상은 생각보다 심각했다. 살짝만 건드리면 터지는 폭탄처럼, 사소한 말 한마디에도 과하게 폭발하곤 했다. 게임 중독도 심각해서 온종일 핸드폰만 붙잡고 있었다. 속에서는 천불이 났지만 그렇다고 내색할 수도 없었다. 상담을 받아야 할 만큼 심각한 상황임을 나중에야 알았다.

상담을 시작하기 전에는 문제의 원인을 탐색하고 해결을 위한 목표를 설정한다. 그만큼 초기에 어떻게 개입하느냐에 따라 상담의 성패가 결정된다.

이미 나는 때를 놓쳐버렸다. 아들의 방문이 닫힐 때 즉시 무슨 일이 있었는지 관심을 가지고 원인을 파악하며 자연스레 대화로 풀어갔다면, 우리 가족 모두 고통의 시기를 훨씬 무난하게 보낼 수 있었을 텐데 하는 아쉬움이 남는다. 게다가 사춘기는 무조건 초기 개입이 중요하다. 그러기 위해선 먼저 그 증상이 어떤지 부모가 잘 알고 있어야 한다.

사춘기의 서막이 올랐고, 그건 곧 전쟁을 의미한다는 걸 깨닫는 데는 그리 오랜 시간이 걸리지 않았다.

상담실에서 한 시간째 아무 말도 없는 아이

아들이 사춘기 구간에 진입하면서 가장 힘든 일을 꼽으라면 말을 하지 않는다는 점이었다. 기분이 좋을 땐 먼저 몸싸움도 거는 등 장난도 쳤지만, 기분이 가라앉으면 입을 닫고 아무런 말도 하지 않았다.

"아들, 기분이 안 좋아 보이네. 무슨 일 있어?"

"몰라."

"그러지 말고 아빠한테 이야기해봐."

"모른다고 했잖아. 갑자기 왜 친한 척인데?"

"그게 아니라 아빠는 도움을……."

쾅!

속에서는 천불이 났지만, 억지로 밀어붙였다가는 역효과가 나기에 이러지도 저러지도 못 한 채 냉가슴만 앓았다.

그러고 보니 청소년 상담을 하면서 지금까지도 기억나는 내담자가 있다. 교육지원청 산하 청소년 상담센터에서 근무하던 시절에 만난 중학교 1학년 A였다.

대개 접수 면담에는 어머니가 오는 것이 일반적인데, A는 아버지가 왔다. 수영 강사라 40대 중반에도 180센티미터의 큰 키, 뱃살 하나 없는 날렵한 모습이었다.

접수 면담을 시작하자, A의 아버지는 아들에 대해 이야기하면서 얼굴이 잿빛으로 변했다.

"선생님, 도통 아들을 이해할 수 없어요. 어릴 때부터 운동도 같이 많이 하고 나름 소통하며 지냈다고 생각했는데, 중학교에 들어가면서부터는 아무 말도 하지 않고 게임만 해요. 차라리 반항이라도 하면 좋을 텐데, 저렇게 무기력하게 있는 모습을 보면 답답하네요."

A의 아버지가 얼마나 힘든지, 말만 들어도 그 감정이 오롯이 전해졌다.

"혹시 A가 그렇게 무기력해질 만한 이유가 있을까요? 학교나 가정에서 문제가 있다든지요."

"아니요. 문제는 없는 것 같은데. 아내도 별일 없다고 하고."

"A에서 직접 물어본 적은 있나요?"

"무슨 일 있냐고 계속 물어도 아무 답도 않네요. 선생님이 꼭 알아내주세요. 부탁합니다."

30여 분간 보호자 접수 면담을 마치고, A를 상담실로 불렀다. A는 또래 아이처럼 바싹 마른 몸에, 앞머리는 모두 내려 눈이 잘 보이지 않았다. 그런데 눈에 초점이 없고 전조등을 켜지 않고 터널을 지나는 자동차처럼 어두웠다.

아이는 의자를 삐딱하게 옆으로 돌려 앉더니 그때부터 아무 말도 하지 않았다. 시선도 마주치지 않고 질문에도 아무런 답을 하지 않았다. 그렇다고 포기할 순 없었다. 가정이나 학교생활에는 꿈쩍도 하지 않더니, 게임을 좋아하냐고 물으니 미세하게나마 고개를 끄덕거렸다. 그래, 이거면 됐다.

긴 침묵이 흐른 뒤 상담을 끝낼 시간이 되어 A를 돌려보냈다. A의 아버지와 상담 중에 작성했던 서면 검사에서 유독 아버지에 대한 부정적인 감정이 눈에 띄었다.

총 10회의 상담을 약속했는데, 진행한 상담 중 절반은 묵언수행을 지속했다. 상담 시간이 50분이었는데 40분은 아무 말도 하지 않았고, 나머지 10분은 게임 이야기를 했다. 평소에 게임을 즐겨 하지 않았지만 조금이라도 대화의 물꼬를 트기 위해 게임을 시작했다.

그 게임은 중독성이 강해서, 어느 순간 나 역시 빠져들었다. 게임이 익숙해질수록 A와는 대화할 거리가 늘었다. 게임의 운영 방식, 아이템, 팁을 주고받다 보니 말하는 시간이 20분, 30분으로 점점 늘었다. 그 당시 나는 A에게 이렇게 하면 좋겠다는 식의 조언을 하지 않으려 신경 썼다. 그저 좋아하는 게임 이야기만 주야장천 했다.

7회차 상담이 끝날 때쯤, A는 아버지가 밉다는 말을 툭 꺼냈다. 묻지도 않았는데 이야기를 꺼냈다는 건 의미가 있었다. 자연스레 서면 검사지를 펼쳐 이야기를 시작했다. 알고 보니, 어느 날 밤에 시끄러운 소리에 잠에서 깨어 거실에 나가보니 안방에서 부모님이 크게 싸우고 있었다. 그때 아버지가 수영 강습생 중 한 명과 바람을 피웠다는 충격적인 말을 들었다.

평소 한없이 사랑하고 존경하던 아버지의 배신에 주체할 수 없는 분노가 치밀었고, 그것은 냉담함으로 표현되었다. 아이는 그때부터 입을 닫았다. 되도록 아버지와 마주치지 않으려 했고, 모든 일에 회의감이 들었다고 했다.

아버지가 잘해주려고 해도 아이는 방문을 굳게 잠그고 게임에만 빠져들었다. 게임만이 A의 유일한 도피처였다. 내 앞에서 펑펑 우는 아이를 바라보며 말없이 안아주고 다독였다. 남은 상담은 아버지에 대한 부정적인 감정을 다루는 데 집중했다. 다행히 마지막에는 아버지와 대화를 시도해보는 것으로 마무리되었다.

만약 그때 A가 상담실에 오지 않고 그 상태가 지속되었다면 어떻게 되었을까? 그 분노 감정이 해소되지 않았다면 최악의 경우로 이어졌을 수도 있다고 조심스레 예측해본다.

모든 문제에는 반드시 원인이 있다. 흔히 사춘기를 누구나 지나가는 통과의례로 치부하고 가볍게 여기는 경우가 많은데, 때론 그대로 두어선 안 된다. 그걸 판단하는 건 부모의 몫이다. 부모 혼자 해결하기 벅차다면, 청소년 상담센터에 방문해서 도움을 청하는 것도 좋은 방법이다. 부모에게 털어놓긴 어려워도, 제3자인 상담 선생님은 부담이 덜 되기 때문이다.

이 사례가 가장 기억에 남았던 건, 나 역시 내 아이에게는 그렇게 다가가지 못했기 때문이다. 아들은 사춘기가 오고도 초기에 접근하지 못하고 나중에 문제행동이 나타나자 다그칠 줄만 알았지, 원인을 파악하려 노력하거나 인내심을 갖고 기다려주지 못했다.

사춘기는 참 어렵지만, 적절히 대응만 한다면 어떻게도 할 수 없는 일도 아니라는 점을 다시금 깨달았다.

드라마 속 사춘기를 보며 몰입한 장면

예전에 지인 추천으로 〈기상청 사람들〉이란 드라마를 본 적이 있다. 기상청에서 날씨를 주제로 펼쳐지는 흥미로운 이야기에 단박에 마음을 빼앗겼다. 주인공들의 본격적인 사랑 이야기가 시작되면서 꺼진 아재 감성에 작은 불씨가 지펴지는 것도 같았다. 그런데 드라마를 볼수록 자꾸 시선이 다른 곳으로 향했는데, 바로 엄동한 선임 예보관이 나오는 장면이었다.

엄 예보관은 14년간 기상대와 지방청을 돌다가 본청으로 발령이 나서 처음으로 가족과 떨어지지 않고 생활하게 되었다. 자신의 집인데도 어디에 있어야 할지 몰라 뻘쭘해하고, 화장실 사용부터 편한 복장까지 가족들과 사사건건 부딪치며 점점 위축된다.

특히 사춘기가 된 딸은 아버지가 근처에만 가도 몹시 불편해하며 피하기 바빴다. 속상한 마음에 엄 예보관은 선배와의 술자리에서 고민을 털어놓고, 그러다가 영영 멀어질 수 있으니 지금부터 노력하라는 조언을 선배에게 듣는다. 그래서 가족들과 잘 지내보기로 굳게 마음을 먹는다.

케이크까지 사서 집에 돌아갔건만, 밥 먹던 딸은 자신을 보자마자 방으로 사라지고 주방 상부장에 있는 그릇을 꺼내는 아내를 도우려다 오히려 접시를 깨고 만다. 아내의 핀잔에 그간 담아두었던 서운함이 폭발한 엄 예보관. 그는 아내에게 월급을 주지 않은 적도 없고 딴짓을 한 적도 없으며 그저 열심히 일만 했는데, 자신이 무얼 그렇게 잘못했냐며 화를 냈다.

그 말을 듣던 아내는 엄 예보관이 일로 바빠서 딸이 태어나고 100일 만에 아이를 보러 왔고, 아이의 입학식과 졸업식에 한 번도 참여한 적 없었다고 말한다. 아내 혼자서만 애를 데리고 다니는 걸 본 동네 사람들이 한동안 미혼모로 오인하기까지 했다고 말하자, 엄 예보관은 아무 말도 하지 못했다.

그 장면을 보는데 내내 마음이 짠했다. 나 역시 아버지가 지방 근무를 오래 해서 고등학교 1학년이 돼서야 함께 살았기 때문이다. 우리 가족도 아버지와 함께 살면서 어려움이 발생했다.

저녁형 인간이었던 우리와 달리 아침형 인간이었던 아버지는 우리가 밤늦도록 깨어 있는 모습을 못마땅해했고, 이내 잔소리로 이어졌다. 아버지와 충돌하며 조금씩 균열이 생겼다.

오랜 기간 떨어져 살아온 탓에 치약 짜는 습관마저도 달랐다. 가족과 아버지는 물과 기름처럼 도저히 합쳐질 수 없을 것만 같았다.

물론 아버지도 나름 살갑게 대하려 노력했지만, 그것마저도 부담으로 다가왔다. 나와 누나는 되도록 아버지와 마주치지 않으려 했다. 그런 상황이 반복되던 어느 날, 아버지는 술을 잔뜩 드시고 집에 와서는 우리 앞에서 속상한 마음을 활화산처럼 쏟아냈다.

그런데도 그때는 그 마음을 이해하지 못해서 오히려 아버지와 더 멀어지는 계기가 되었다. 그 뒤로도 아버지와 거리를 좁히는 데는 함께 살지 않았던 기간만큼의 세월이 걸렸다. 내가 결혼하고 두 아이의 부모가 되고 보니, 그때 아버지와 어머니가 얼마나 힘드셨을지 이해가 된다.

이런 배경 탓인지, 나는 결혼하고 첫아이가 태어났을 때 굳게 다짐했다. 아이가 커가는 모습을 반드시 곁에서 지켜보겠다고. 그런 나의 바람이 하늘에 닿았는지 지방 근무를 해야 하는 직장에 들어가고도 아직 수도권을 벗어난 적이 없다. 아이들이 커가는 모습을 함께하며 한 땀 한 땀 마음속에 추억을 새겼다. 무엇과도 바꿀 수 없는 소중한 시간이었다. 나는 그 순간이 영원하리라 믿었다.

하지만 이제까지는 운 좋게 지방 근무를 잘 피했지만 계속 그럴 수는 없다. 이미 같이 입사한 동기들은 몇 차례 지방 근무를 다녀왔다. 사실 3년 전에 지방에서 근무해야 하는 타이밍이었는데, 본부에서 근무할 기회가 생겨 겨우 넘어갔다. 대신 야근을 밥 먹듯 했고, 집에 있는 시간보다 회사에 있는 시간이 길었다. 자연스레 아내 혼자 아이들의 일거수일투족을 챙겨야 했고, 집에서 나의 자리는 점점 좁아지고 있었다. 마냥 어리게만 여겼던 아이는 어느새 불쑥 자라 점점 거리를 두기 시작했다. 솔직히 말하자면 그런 줄도 몰랐다.

만약 이 상태에서 지방 근무까지 한다면 사춘기를 감당할 수 있을까? 주말에 집에 오면 방문을 굳게 닫고 얼굴조차 보여주지 않을지도 모른다. 과거의 나와 아버지가 그랬던 것처럼, 떨어져 지낸 시간을 메우려면 그 이상의 노력이 들 것이다. 결국 지방에 가더라도 가족들과 밀도 있게 생활해야 한다는 결론을 내렸다.

엄 예보관이 지방에 근무했더라도 틈날 때마다 집에 돌아와 가족과 시간을 보내려고 노력했다면 그렇게까지 멀어지지 않았으리라. 나 역시 드라마를 통해 느낀 점이 많았다. 관계는 역시 들인 노력에 비례하기 마련이니까.

청소년 시기엔 부모가 자녀와 최대한 많은 시간을 함께 보내야 한다. 바쁜 주중을 보냈으니 주말엔 좀 쉬고 싶더라도, 조금만 힘내서 자녀와 산책이라도 하면 어떨까? 그러면서 자연스레 대화도 나누고 말이다.

늘 바쁜 아빠

사춘기

청소년들이 아동기를 벗어나면서 크게 변화하는 시기로, 신체가 성장하며 2차 성징이 나타나고 인지적으로는 타인의 입장을 고려할 수 있게 되며 자기중심적인 생각에 빠지기도 한다.

회사 사무실에서 무심코 인터넷 검색창에 '사춘기'를 쳐보았다. 요즘 머릿속은 온통 아들의 사춘기 생각으로 가득하다. 긴 한숨이 흘러나왔다.

아들의 사춘기가 시작된 후로 폭탄이라도 품고 있는 듯 매 순간이 조마조마하다. 아이의 감정이 수시로 널뛰다 보니 가끔은 같은 사람이 맞는지 의심이 들 만큼 변덕이다. 중학교에 입학하고부터는 늘어난 학업량에 대한 부담감 때문인지 짜증 부리는 날도 부쩍 늘었다.

얼마 전, 게임을 두고 아들과 아내가 부딪쳤다. 늘 있는 일인데 그날따라 도가 지나치다 싶어 아이에게 몇 마디 했더니, 아이가 대들어서 단단히 혼을 냈다. 그동안은 주로 아내가 악역을 담당했고 나는 크게 개입하지 않았다. 그래서인지 아빠를 쉽게 대하는 것 같아 일부러 엄하게 대했다.

아이가 게임 때문에 숙제를 불성실하게 하는 것을 지적한 후, 아내와 상의해 핸드폰 사용 시간을 줄이겠다고 통보했다. 아들은 처음에는 받아들이지 않고 반발하다가 결국엔 불만을 가득 품은 얼굴로 마지못해 수긍했다. 그 밖에도 평소 잘못한 행동도 조목조목 따지고 나무랐다. 시간은 어느새 자정을 훌쩍 넘어갔다.

아들이 방으로 돌아간 뒤 침대에 누웠는데, 긴장이 풀려서 온몸이 뻐근했다. 눈을 감아도 잠이 오지 않았다. 옆에서 계속 뒤척이는 소리가 들렸다. 아내가 힘겨워하는 마음이 이불 너머로 전해졌다. 그 뒤로도 서로의 불편한 마음을 느끼며 뜬 눈으로 밤을 지새웠다.

그날 이후로, 아들은 내가 퇴근해서 들어오면 간단히 인사만 하고 제 방으로 들어가 나오지 않았다. 몇 번을 다가가도 밀어내기만 했다. 그날 일이 아들에게도 큰 충격이었던 모양이다. 아내에게 맡기고 조금만 더 참을걸 하는 후회가 밀려왔지만, 이미 엎질러진 물이었다. 어떻게 풀어야 할지 몰라 냉가슴만 앓았다. 회사에 출근해서도 무거운 마음을 감출 수 없었다.

저녁에 야근이 있어서 회사 인근에서 식사하고 다시 들어오는데, 옆자리 동료가 무슨 일이 있냐고 물었다. 그날 일을 이야기했더니, 동료들도 다들 기다렸다는 듯이 이야기를 풀어냈다. 평소 게임만 하길래 뭐라고 잔소리했더니 대들고 그날부터 학교를 그만두겠다고 해서 곤욕을 치렀던 이야기, 혼냈다고 단식투쟁에 돌입해서 한동안 애먹은 이야기 등등 끝이 없었다. 심지어 중 2병이 심하게 걸린 아들과 저수지에 가서 같이 뛰어들자고 실랑이를 벌인 선배도 있었다. 평소 '허허' 웃으며 잘 지내는 듯 보였던 선배의 말에 모두 눈이 휘둥그레졌다. 선배는 아들이 초등학교 때까지만 해도 별 탈 없이 잘 지냈는데, 중학교에 들어가면서부터 사춘기가 심해져 감당하기 힘들다고 했다. 그러면서 땅이 꺼질 듯 긴 한숨을 내쉬는데 남 일 같지 않았다.

"아이들에게 하나라도 더 좋은 것 해주려고 밤늦도록 열심히 일만 했는데 어쩌다 이렇게 되었는지……. 차라리 집에 일찍 들어가서 아이들과 함께 시간을 많이 보냈다면 이렇게까지는 안 되지 않았을까?"

선배의 푸념에 우리 모두 말없이 고개를 끄덕였다. 나 역시 별반 다르지 않았다. 일로 한창 바쁜 40대가 아닌가. 주중에는 밥 먹듯 하는 야근으로 가족들 얼굴 볼 틈이 없다. 주말이면 아이들과 무언가 하고 싶어도 아이들이 학원이다, 공부다 해서 바빴다.

그러던 사이 아이는 훌쩍 커버렸다. 회사 책상 위 액자 안에서 해맑게 웃던 귀여운 꼬마는 온데간데없고, 변성기를 맞이한 굵은 목소리에 어른 키만큼 자란 여드름 가득한 청소년이 되었다.

사실 2년 전, 본사 근무를 제안받고 많이 고민했다. 아내도 내가 바빠지면 가정에 소홀해질까 걱정했다. 하지만 승진의 기회가 있는 자리라 뿌리치기 어려웠다. 그때는 내가 잘돼야 가족 모두를 위하는 길이라고 착각했다.

예상했듯이 회사 일은 미친 듯이 돌아갔고, 주중에는 정시 퇴근은 꿈도 꾸지 못했다. 심지어 주말에도 출근하는 일이 빈번했다. 결국 아내가 도맡아 아이들을 돌봐야 했다. 아이들도 처음에는 자주 놀아주지 못하는 나에게 불만을 토로했지만, 시간이 지날수록 그러려니 했다. '늘 바쁜 아빠', 내 이마에 붙은 이름이었다.

지금은 좀 더 여유로운 곳에서 근무하며 가족들과 시간을 보냈으면 어땠을까 후회하곤 한다. 아이들이 마냥 어린아이로 머무를 줄 알았다. 나만 나이 먹는 줄 알았지, 아이들 크는 건 생각하지 못했다. 아이들과 함께 뛰어놀 수 있는 순간은 찰나였다. 정작 중요한 시간을 놓친 것 같아 아쉽다. 아이들과 캠핑도 자주 하고 게임도 함께하며 친밀하게 소통하는 집을 보면 부러울 따름이다. 아이들과 시간을 자주 보내고 부단히 노력한 결과겠지만. 아들의 사춘기가 내 탓으로 느껴져 죄책감마저 드는 요즘이다.

그날도 늦은 퇴근으로 집에 와보니 거실 불이 꺼져 있었다. 슬며시 아들의 방문을 열었다. 쌔근쌔근 코까지 골며 깊이 잠들어 있었다. 고래고래 화를 내던 그 아이가 맞나 싶을 정도로 평온한 모습이었다. 잠든 아이의 머리를 쓰다듬으며 울컥하는 마음을 누를 수 없었다.

나에게 처음으로 '아빠'라고 불러준 소중한 첫아이, 함께 뒤엉켜 땀을 뻘뻘 흘리며 씨름했던 순간, 좋아하는 아이스크림을 사주면 빙그레 짓던 미소, 아빠가 세상에서 가장 좋다며 크게 동그라미를 그리던 손짓까지. 이제는 돌아올 수 없는 순간을 떠올리며 잠시 추억에 빠져들었다.

사전적 정의처럼 '사춘기'는 질풍노도의 시기이고, 부모라면 누구나 피할 수 없는 통과의례이리라. 하지만 영영 돌아올 수 없는 강을 건널까 두렵다. 잘못된 행동을 못 본 척 넘어갈 수만도 없고 그렇다고 제재하면 부딪히기만 하니, 어려운 수학 문제를 푸는 것 같다.

회사 동료처럼 어디 용한 점집이라도 찾아갈까 싶다. 사춘기의 폭풍 같은 시절을 지난 지인이 해준 말이 가슴에 오래도록 남았다. 사춘기 때는 부모의 인내가 필수다. 참고 버텨주되, 가깝지는 않더라도 무슨 일이 생겼을 때 상의할 정도만 돼도 성공이라고 했다.

아들의 입장에서 생각도 해봤다. 어른도 아이도 아닌 어중간한 시기에 사춘기라는 거대한 불구덩이 속에서 나름 애쓰는데, 부모라고 혼만 내니 얼마나 답답하고 힘들까? 좀 더 이해하고 다정하게 대해주면 좋으련만. 분명 좋은 모습도 있는데, 나쁜 면만 지적했던 나를 돌아보았다. 더구나 자주 시간을 보내주지도 못하면서 말이다.

이제부터라도 노력해야겠다. 간섭하기보다는 믿고 지켜보는 마음도 필요하다. 잘하는 점을 찾아서 칭찬과 지지도 해주어야겠지. 아들도 사춘기는 처음이고, 나 역시도 사춘기 아들은 둔 아빠는 처음이다. 강한 파도처럼 갈등은 수시로 찾아오겠지만, 잘 이겨내면 분명 잔잔한 물결을 맞이할 것이다.

얼마 전, 생태 탐방원에서 주관하는 프로그램에 신청하라는 사내 공지를 보았다. 불쑥 아들과 참가하고픈 마음이 들었다. 예전에 아들과 둘이 군산 여행을 간 적이 있는데, 지금도 좋은 추억으로 남아 있다. 잠시 바쁜 일상에서 벗어나 자연 속에서 허심탄회하게 이야기 나누면 어떨까? 물론 아들이 승낙해야겠지만. 간절한 아빠의 마음을 알아주어 꼭 간다고 해주었으면.

사춘기와 갱년기

일요일 오후, 조금 늦은 점심을 먹기 위해 가족이 식탁에 모였다. 그러나 아들의 모습이 보이지 않았다. 방에 가보니 이불과 한 몸이 되어 있었다. 늦게 잔 것이 분명했다. 몇 번을 깨워도 소용없길래 그냥 나왔다.

조금 뒤, 아들은 잔뜩 찌푸린 얼굴로 기분이 별로라는 티를 팍팍 내며 식탁에 앉았다. 그러더니 숟가락으로 거칠게 밥을 푸는 모습, 젓가락으로 마구 반찬을 헤집는 행동이 나의 신경을 건드렸다. 이럴 땐 당혹스럽다.

불과 어제저녁만 해도 침대에 누워 핸드폰을 보며 쉬고 있는 나에게 몰래 다가와 옆구리를 간지럼 태우며 장난을 걸었던 녀석인데, 손과 손을 맞대며 힘겨루기로 시작해서 목조르기부터 발차기까지 격한 몸싸움도 마다하지 않았는데. 그러다 결국 둘이 침대에서 떨어져 "악" 하는 비명이 터지고 나서야 끝이 날 정도로 즐거웠는데.

아들이 중학교에 입학하면서부터는 몸집도 커지고 힘도 세져 당해낼 재간이 없었다. 비루하게 바닥에서 일어나지 못하는 중년 아재에게 의기양양한 표정을 지어 보이던 녀석이 하루아침에 돌변했다.

두 얼굴의 사나이 헐크도 아니고, 아침이 되자 녹색 괴물로 변한 눈앞의 아들 모습에 나는 혼란스러웠다. 이럴 땐 그냥 두는 것이 정답임을 알면서도, 고슴도치 가시털이 바싹 서듯 나도 한껏 예민해졌다.

아들에게 "신경 쓰이니깐 차분히 밥먹어" 하는 말이 입에서 툭 떨어졌다. 그 뒤론 이미 머릿속에서 시뮬레이션했던 상황이 벌어졌다. 아내가 "그만해"라고 혼내지 않았으면 한바탕 소란이 벌어졌을 것이다. 씩씩거리며 방으로 사라지는 아들의 뒤통수를 바라보며 '후회'라는 두 글자가 눈앞을 스쳐 갔다.

그러나 이미 열차는 저 멀리 떠났다. 사춘기에 진입한 아들의 대표적인 증상이 이런 예측 불가한 감정의 변화다. 변덕스러운 날씨처럼 수시로 흐렸다 맑기를 반복한다. 물론 아들도 어찌할 수 없다는 걸 잘 알고 있다. 나 역시도 사춘기 때는 수시로 차오르는 불같은 마음을 주체하지 못했으니까.

문제는 이런 아들의 행동을 그냥 넘어가지 못하고 예민하게 반응하는 나에게 있다. 이제 앞자리 숫자가 4를 넘어 5를 향해 달려가고 있다. 이쯤이 되면 너그러움을 장착할 만도 한데, 올라온 감정은 도무지 가라앉을 기미가 보이지 않는다.

아내와 아이들도 이런 내 모습을 보며 갱년기가 아니냐며 고개를 절레절레한다. 나조차 그런가 싶은 합리적 의심이었다. 인터넷에 남성 갱년기를 검색해보았다.

> 여성의 폐경과 비슷한 현상이 남성에게도 나타난다고 하여 남성 갱년기라는 용어가 만들어졌다. 그렇지만 여성의 폐경과는 달리 모든 남성에게 나타나는 현상도 아니고 개인차도 커서 '연령에 따른 테스토스테론 결핍 증후군'이 바른 용어일 것 같다. 그렇지만 일반인들의 이해를 돕기 위하여 아직도 남성 갱년기라는 용어를 사용하고 있다.
>
> 많은 남성을 대상으로 한 추적 연구 결과를 보면, 40대가 되면서 혈중 테스토스테론은 매년 1.6%씩 감소한다. 남성 갱년기는 혈액검사를 통하여 혈중 테스토스테론치의 비정상적인 감소가 확인되고 테스토스테론 감소에 부합하는 증상이 있는 경우로 정의된다. 증상으로는 기분의 변화, 지적 능력 및 공간 지각력의 감소, 피로감, 우울증을 보이며 신체적으로는 근육량 감소, 내장지방의 증가, 체모의 감소, 골밀도 감소 등이 나타날 수 있다.
>
> \- 출처, 네이버 지식백과

어려운 의학 용어는 잘 모르겠지만, 결국 남성호르몬의 감소에 따라 나타나는 현상이었다. 증상 중 '기분의 변화'라는 대목이 눈에 확 들어왔다. 호르몬이 감정을 그리 만들었단 말인가? 씁쓸했다. 인정하고 싶지는 않았지만, 몸도 마음도 점차 쇠퇴하고 있다는 증거였다. 그렇지만 호르몬 탓으로 돌릴 수만은 없었다.

주말에 대청소한다며 청소기를 돌리다가 아이들 방바닥에 널브러진 옷가지와 곳곳에 놓인 쓰레기를 발견하곤 바로 치우라고 했지만, 아이들은 나중에 하겠다며 말을 듣지 않았다. 결국 나는 화를 내고 말았다.

아이들은 '또 시작했네'라는 표정을 짓더니 그럴 거면 청소하지 말라며 나를 방에서 몰아냈다. 방문은 굳게 닫혔고, 어쩔 수 없이 안방과 거실만 마무리하고 끝냈다. 아이들이 스스로 치울 때까지 기다려주면 좋으련만, 잔소리를 참지 못해 이런 일을 자초했다.

재작년에 이사를 와서 호기롭게 대청소 담당을 맡겠다고 선언했다. 그 약속을 열심히 지키고는 있지만, 청소 때마다 매번 이렇게 부딪혔다. 어느 날, 아내는 청소 때 짜증을 덜 부리면 좋겠다고 진지하게 부탁했다. 그러다가 아이들과 사이만 나빠질 것 같아 걱정된다며 진심 어린 충고를 했다. 하지만 알면서도 잘되지 않으니 답답했다. 갱년기 탓인가.

그렇게 매번 소리를 지르고는 후회하길 반복했다. 본전도 못 찾는다는 표현이 이보다 정확할 수 없었다. 슬슬 눈치를 보다가 짜증 내서 미안하다는 말을 건넨다. 그제야 아이들도 못이기는 척 받아준다. 어쩌다 내 처지가 여기까지 왔을까? 좁디좁은 아빠의 자리를 새삼 확인한다. 이렇게 가다간 사춘기고 뭐고, 나중에 투명 인간처럼 취급받을지도 모를 일이다.

비단 우리 집에서만 일어나는 일은 아닌 것 같다. 비슷한 또래를 가진 지인들도 너나 할 것 없이 아이들과 부딪혀 몸살을 호소한다. 문득 그런 생각이 들었다. 부모의 갱년기와 자녀의 사춘기가 같은 시기인 이유가 뭘까? 혹시 서로 간의 거리두기를 잘하라는 깨달음을 얻기 위한 시련 같은 것은 아닐까?

예민한 시기에 독립을 꾀하는 아이의 행동에 대해 부모는 섭섭함을 느끼고, 아이는 아이대로 부모의 관심이 간섭으로 다가온다. 사춘기와 갱년기는 서로가 힘들기에 현명하게 보내야 한다.

자녀를 독립된 개체로 인정하고, 아이가 보이는 행동을 반항이 아닌 필연적으로 발생하는 생리적 변화로 이해하면 마음이 좀 편해진다. 더불어 갱년기도 나이가 들어간다고 우울해하지 않고, 삶이 영글어가는 긍정적 시기로 인식하는 것이 중요하다.

위기는 기회란 말이 있듯이, 이 시기를 잘 보낸다면 우리 사이에 성숙한 관계가 새롭게 정립되리라 믿는다.

아들의 이름은 "몰라"

아들이 수행평가로 농구 골밑슛 넣기를 해야 한다며 도와 달라고 했다. 근처 공원으로 향했다. 30초에 10골을 넣어야 한다니 만만치 않았다. 연습 삼아 시켜보았더니 5골도 넣지 못했다. 이유는 거리가 너무 멀어서였다. 거리와 자세를 교정해주고 몇 번 시도한 끝에 드디어 성공했다. 아이는 의기양양한 모습으로 일대일 게임을 제안했다. 녀석, 코를 납작하게 만들어 줄 테다. 제법 힘이 늘었지만, 아직 기술이 부족했다. 초반에 강하게 밀어붙이다가 아이는 제풀에 꺾였다. 결과는 10 대 6으로 내가 이겼다. 예전에는 아이가 3골도 못 넣었는데. 조만간 패배를 맛볼 날이 머지않은 것 같다.

다음 날 퇴근하고 돌아왔더니, 아들이 침대와 한 몸이 되어 열심히 게임을 하고 있었다. 나는 결과가 무척 궁금했다.

"아들, 수행평가 어떻게 됐어?"

"몰라."

"모르긴. 통과했어, 못했어?"

"모른다고."

결과는 둘 중 하나인데 모른다니. 요즘 늘 이런 식이다. 팔팔 끓는 기름처럼 끓어오르는 분노를 가라앉히고 방을 나왔다. 거실에 있는 아내에게 물었더니 통과했다고 한다. 성공했다는 한마디가 그리 어려울까.

요즘 아들은 "몰라"가 일상이다. 기분이나 감정을 물어보아도 "몰라", 하고 싶은 것을 물어보아도 "몰라", 심지어 먹고 싶은 것을 물어보아도 "몰라"다. 그래서 마음속으로 아들의 이름을 붙였다. '아들, 너의 이름은 몰라다.'

사실 나는 무척 궁금하다. 이제 중학교에 입학했으니 친구도 새로 사귀고, 수업도 달라진 점이 많을 거다. 그런데 이렇게 "몰라"로 일관하니 여간 답답한 것이 아니다. 묻고 또 물어 겨우 알아낸 것이 친구는 3명 사귀었고, 체육 수업이 가장 좋다는 것이다. 나도 저 때 그랬나 싶어 돌이켜보지만, 그 정도는 아니었던 것 같다. 사춘기 때문일까 싶어도 이미 초등학교 때부터 그랬다.

나는 아버지가 표현하지 않는 것이 무척 싫었다. 다른 사람들에게는 농담도 잘하고 친절했는데, 유독 가족에게만 무뚝

뚝했다. 사랑한다는 말도 군대 신입병 때 받은 편지에서 처음 보았다. 그래서 나는 아이를 키우면 표현을 많이 해주리라 다짐했다.

드디어 고대하던 아이가 태어났다. 그 기쁨은 세상이 만들어놓은 단어나 문장으로 담을 수 없을 만큼 컸다. 힘껏 마음을 표현했다. 수시로 사랑한다고 말했고, 늘 안아주었다. 아이도 그 안에서 사랑스러운 꽃을 피웠다. 작고 귀여운 목소리로 "아빠"라고 부르면 어찌할 바를 모를 정도로 감동했다.

하지만 웬걸. 키가 한 뼘씩 커갈수록 표현은 두 뼘씩 작아졌다. 초등학교 3학년 무렵부터 슬슬 그림자가 드리웠다. 나에게 온갖 것을 말하던 아이가 점차 입을 닫기 시작했다. 그리고 "몰라"가 그 자리를 점령하기 시작했다. 그 변화에 처음엔 놀랐고, 나중엔 좌절했다. 이유가 무얼까? 납득할 수 없었지만, 아이의 타고난 성향이 그랬다. 속은 그렇지 않은데도, 쑥스러워 내놓기 어려워했다. 아이가 그런 걸 알면서도 인정하기 싫었다. 노력한다고 되는 것이 아니지만, '언젠가 되겠지' 싶어 포기하지 못했다.

비단 우리 아이뿐 아니라 사춘기 시기에 가장 많이 하는 말을 꼽아보면 "몰라", "됐어", "신경 꺼"일 것이다. 그러나 이는 모든 아이가 공통으로 경험하는 정상적인 발달 특성이다.

신체 발달은 왕성하게 일어나는데 심리적 발달은 그 속도를 따라가지 못하니 여러 문제가 생기기 마련이다. 특히 부모의 관심을 모두 간섭으로 받아들여 튕겨내는 것이 대표적이다. 그럴 땐 내버려두기가 정답임을 알면서도 포기하기가 쉽지 않다.

저녁때 영어 공부를 하던 아들에게 쓱 다가갔다. 그리고 물었다.

"아들, 오늘 학교에서 어땠어?"
"몰라."

혹시나 했더니 역시였다.

"아빠가 이름 하나 지었어. 이제부터 너는 '신몰라'야. 알았지?"
"몰라."

내가 졌다, 졌어.

중년이 된 X세대

불혹
세상일에 정신을 빼앗겨 판단을 흐리는 일이 없는 나이

마흔을 보통 불혹이라 부른다. 사전적 정의를 통해 바라본 마흔은 굳건하게 자신의 길을 걸어가는 모습이다. 하지만 주변에는 흔들리는 마음을 토로하는 40대가 제법 많다. 최근 출판시장에 마흔에 대한 책이 우수수 쏟아지는 것을 보면, 삶의 전환기로서 할 말이 많은 시기가 아닌가 싶다.

지금 마흔 구간을 지나는 사람이라면 'X세대'라는 말을 들어봤을 것이다. 1990년대 초반 '서태지와 아이들'에 열광하고 힙합 바지를 입던 신세대들을 X세대라고 불렀다. 당시만 해도 독특한 문화를 형성하고 소비와 쾌락에 집중한다며, 기성세대가 우려했던 것이 기억난다. 그 X세대가 '라떼'를 외치고 꼰대란 소리를 듣는 중년이 되었다. 지금의 40대는 어떤 고민을 하고 사는지 궁금했다.

점심때 함께 산책하는 동료 A가 있다. 늘 밝고 유쾌한 친구인데 요즘 얼굴에 그늘이 가득하다. 그 이유는 집 때문이었다. 고향이 대구라 주로 경상권에서 근무하다가, 자녀가 입학할 시점에 맞춰 경기도로 이사한 지 벌써 4년이 다 되어간다. 교사인 아내도 전보를 신청해서 인근 학교에서 근무 중이다.

그도 재작년쯤 영혼까지 끌어모아 집을 구하려고 했다. 하지만 오르내리는 집값에 잠시 주저하는 사이에 감당할 수 없을 만큼 집값이 치솟았고, 지금 사는 곳 주변에서는 도저히 집을 구할 수 없는 상황이다. 지난 주말에도 아내와 외곽 지역으로 집을 보러 다녔지만, 이미 그곳도 많이 올라 어렵다고 했다. 내년에 집주인이 얼마나 전세금을 올려달라고 할지 벌써 고민이라고 했다. 한숨을 크게 내쉬는 A 옆에서 나는 그저 힘내라는 말밖에 할 수 없었다.

A뿐만 아니다. 주변에서 집을 사야 할 시기를 놓쳐 소위 '벼락거지'가 되었다고 호소하는 사람들이 많다. 대부분이 가족들과 살기 위한 내 집을 마련하려다가 한순간의 선택이 돌이킬 수 없는 결과를 만든 경우다.

동료 B도 최근 얼굴이 썩 좋지 못하다. B는 회사에서 재테크를 잘하기로 소문난 인물이었다. 일찍부터 수도권 소재 소형 아파트에 투자해서 크게 이득을 보았다. 주식을 통해서도 꾸준히 부수입을 올리다가 올 초에 불어닥친 코인 열풍에 합류해서 꽤 많은 수익을 올린 것으로 알고 있다. 최근에는 연차를 내고 고향 근처에 개발될 가능성이 큰 토지를 임장하러 가기도 했다. 투자는 아무것도 하지 않는 나는 그를 바라보며 여러 생각이 들었다.

어느 날, B에게 재테크를 하는 이유를 물었다. 그는 무엇보다도 노후와 자녀 때문이라고 했다. 월급만으로는 생활도 퍽퍽한데, 커가는 아이들의 학원비 부담도 크다고 했다. 더구나 은퇴 이후의 삶을 생각하면 지금부터 부지런히 모아야겠다는 생각이 들었다고 했다. 그래서 노력도 많이 하고 있었다. 코인 관련 책도 여러 권 사서 읽었고, 유튜브 영상도 주말마다 빠짐없이 챙겨 보고 있었다. 부동산에 투자하기 위해 여러 번 현지답사도 했고, 인근 공인중개소에 들러 사장님에게서 정보를 수집하는 것도 필수였다. 투자 관련 카페에도 가입해서 현재 돌아가는 상황을 예의주시하고 있다고 했다. 사전에 철저히 분석하고 끊임없이 노력하지 않으면 실패하기 십상이라는 말도 빼놓지 않았다. 자신도 수많은 시행착오 끝에 이제야 방향을 잡았다고 했다. 나중에 아이들 모두 결혼한 후에는, 은퇴해서 어디 한적한 곳에서 카페를 운영하며 여유롭게 살고 싶다는 말에 왠지 그 목표를 이룰 것 같다는 생각이 들었다.

한편으로는 부러운 마음을 감출 수 없었다. 비단 B뿐 아니라 회사에서 대부분의 사람이 재테크에 열을 올린다. 나만 이렇게 가만히 있어도 되나 싶으면서도, 투자할 자금도 마땅하지 않고 대출금 갚기에도 급급한 현실이 점점 불안해졌다.

나 역시도 작년에 지금 사는 곳으로 이사를 오면서 가장 크게 고려한 점이 자녀 교육이었다. 신혼 때 구매한 작은 빌라가 재건축되면서, 잠시 이주하는 동안만 머물려고 했던 처가에서 무려 9년을 머물렀다. 그동안 빌라는 재건축이 끝났다. 아파트는 전세를 놓고 그 돈으로 분담금을 메웠다.

아이들도 컸고 처가도 지방으로 가면서 분가할 시점이 도래했다. 지은 지 얼마 되지 않았고 대단지였던 아파트로 들어가면 훨씬 이득이었지만, 아내는 학군이 우선이라고 판단했다. 결국 훨씬 오래되고 단독 아파트라 집값도 주변보다 더디게 오르는, 지금 사는 곳으로 이사를 왔다.

중학교에 입학한 아들은 아내의 계획에 따라 본격적으로 학원의 세계에 진입했다. 평일은 밤늦게 돌아오고, 학원 숙제로 일찍 자기도 어려웠다. 토요일에도 아침부터 학원에 가서 저녁 식사 때나 되어야 돌아왔다. 처음에는 아이가 안쓰럽기도 하고 이렇게까지 해야 하나 싶었다. 그래서 아내와 교육 문제로 이야기를 많이 나누었지만 서로의 견해 차이는 좁혀지지 않았고, 그로 인해 갈등의 골만 깊어졌다.

아내는 내가 매일 회사에서 늦게 퇴근하고 아이들 숙제도 봐주지 않으면서, 자신이 고심 끝에 결정한 일에 참견만 한다며 서운함과 분노를 표출했다. 하긴, 그럴 만도 했다. 바쁘다는 핑계로 아이들 교육에는 거의 신경 쓰지 못했다. 그래서 교육 문제는 아내에게 전적으로 맡기기로 하고, 나는 관여하지 않기로 했다. 이제는 초등학교 고학년이 되는 딸마저 학원의 세계에 발을 들이기 시작했다.

며칠 전에는 잠시 테이블에 앉아, 핸드폰 게임을 하는 아들의 모습을 쳐다보았다. 한창 파릇할 나이에 잔뜩 찌들어 보였다. 남들도 다 한다는데 우리만 안 시킬 수도 없고, 이렇게라도 해야 치열한 경쟁 시대에 뒤처지지 않으리라 생각하니 어쩔 수 없었다.

솔직히 사교육비 부담도 크다. 아내도 일하고 있어서 맞벌이지만, 남들처럼 재테크로 부수입이 있는 것도 아니고 월급의 많은 부분이 학원비로 소진되는 것 같아 걱정이다. 이렇게 모아둔 자금도 없이 빈털터리 노후를 맞이해서 어찌 사는지. 답도 없이 그저 걱정만 쌓여갔다. 마흔이 넘은 X세대는 집 걱정, 재테크 걱정, 자녀 교육 걱정으로 힘겨운 하루를 살아가고 있다.

그걸 아는지 모르는지, 사춘기에 접어든 아이는 부모에게서 점점 멀어져만 간다. 나 역시 사느라 바빠서 사춘기를 준비 없이 맞이했다. 첫술에 배부를 수 없듯이, 자꾸 부딪치고 깨지고 지지고 볶다 보면 만족할 만한 해답을 찾게 되리라 믿는다.

2장

상담사 아빠도 힘든 사춘기

ESFJ 아빠, INFP 아들

2년 전, 지금 집으로 이사하면서 아들에게는 방이 생겼다. 처음에는 낯설었는지 같이 자자며 안방으로 오기도 하더니, 어느샌가 그 말이 쏙 들어갔다.

그 시점에 아이는 중학교에 입학했고 사춘기가 시작되었다. 그때부터 방문이 굳게 닫혔다. 하지만 나를 힘들게 만든 것은 닫힌 문이 아니라 닫힌 마음이었다. 어릴 때부터 액션 영화를 같이 보고 감성적인 발라드를 듣고 틈만 나면 밖에서 놀았는데, 이제 아들은 공포 영화를 좋아하고 힙합과 게임에 빠져서 밖에 나가는 것조차 싫어한다.

심지어 얼마 전에는 새로 개봉한 영화를 보러 가자고 했다가 거절당했다. 본인이 좋아하는 장르의 영화가 아니라 가기 싫다고 했다. 충격이었다. 여태까지 영화를 보러 가자고 했을 때 싫다고 한 적이 없었다. 그뿐만이 아니었다. 사소한 일에도 부딪히는 일이 많아졌다.

나를 점점 밀어내는 것 같아 서운할 때가 한두 번이 아니었다. 밖에 나가서 친구들이라도 만나면 좋으련만, 내내 방에 틀어박혀 이어폰을 끼고 흥얼거리며 게임만 하는 모습을 보고 있자니 속에서 천불이 났다. 지금까지 우리는 생각도 비슷하고 취향도 같다고 믿어왔는데 나만의 착각이었을까? 아들이 무슨 생각하는지 도통 알 수 없었다.

점점 멀어져가는 아들을 바라보며 애간장이 탔다. 이렇게 가만히 앉아 바라만 봐야 할까? 아이에서 청소년이 되어가는 자연스러운 과정이라고 머리로는 이해하면서도, 받아들일 준비가 덜 된 것 같았다. 여전히 나는 아들과 잘 지내고 싶고, 함께하고픈 마음이 크다.

그러기 위해서는 먼저 아들이 어떤 생각을 하고 있는지 정확히 알아야 했다. 예전에 몇 번 해보았던 MBTI 심리검사가 불쑥 떠올랐다. 나의 성향뿐 아니라 나와 다른 사람들과의 관계도 살필 수 있어 유용했다.

문제는 아들을 어떻게 꾀냐는 것이었다. 요즘에는 무언가를 하자고 하면 무조건 싫다고 해서, 말을 꺼내는 것조차 조심스러웠기 때문이다. 타이밍이 중요했다.

주말에 거실 테이블에 앉아 책을 보고 있던 나에게, 아들은 기분이 좋았는지 웬일로 먼저 다가와 장난도 치고 말도 걸었다. 나는 잘 받아주면서 기회를 엿보다 말을 꺼냈다.

"아들, 혹시 아빠랑 심리검사 해볼래? 요즘 재미로도 많이 한다던데."

"맞아. 나도 얼마 전에 카톡방에서 친구가 링크 보내줘서 해봤어."

"정말? 같이 해보자."

아들은 노트북을 켜더니 MBTI를 검색했다. 가장 대중적인 사이트를 둘러보니, 검사 메뉴와 16가지 성격 유형에 관한 설명이 자세히 나와 있었다. 무료였다.

내가 먼저 검사해보았다. 검사 결과 나는 ESFJ 유형이 나왔다. 아들은 INFP 유형이었다. 얼핏 봐도 나와 다르다는 것을 한눈에 알 수 있었다. E와 I는 내향과 외향, S와 N은 감각과 직관, T와 F는 사고와 감정, J와 P는 판단과 인식을 뜻했다.

내 유형인 ESFJ는 사교적인 성격으로, 가까운 친구나 지인의 일거수일투족을 알기 원할 만큼 관계 중심적이다. 그리고 현실적인 생각을 주로 하고 어떤 일을 할 때 계획이 있어야 편하게 느낀다. 반면 아들의 유형인 INFP는 내성적이고 수줍음이 많고 독창적이며 창의력이 풍부하다. 상상을 많이 하고, 계획적이기보다는 상황에 맞추어 행동하는 것을 선호한다.

검사 결과를 보면서 둘 다 고개를 끄덕였다. 본인의 성격과 일치하는 점이 상당히 많았던 것이다. 아들이 늘 생각 없이 사는 줄 알았더니, 오히려 생각이 많은 유형이었다. 평소에도 생각이나 고민이 많다고 털어놓았다. 그래서 무언가 하려면 시간이 걸리고, 결정하는 데 어려움이 크다고 했다.

처음 듣는 아들의 솔직한 이야기에 그간 내가 너무 닦달한 것이 아닌가 싶었다. 나는 늘 계획을 세우고 그것을 곧바로 실행해야 직성이 풀리는데, 아들은 그렇지 못해서 잔소리를 자주 했기 때문이다.

아들은 내향성이 높게 나온 것에도 동의하며, 혼자 조용히 있는 것이 편하다고 했다. 그렇다고 친구들이 없는 것도 아니고, 카톡이나 줌을 통해서 자주 소통하고 있었다. 얼마 전에도 카톡방에서 번개를 해서 근처 공원에서 친구들을 만나고 왔다. 그것도 모르고 매번 밖에 나가라고 떠밀었으니 얼마나 싫었을까. 지금 시대는 친구 관계가 예전과는 다르다.

무엇보다 ESFJ 유형과 INFP 유형은 서로 상극이었다. 서로를 이해하기엔 너무나도 성향이 달랐던 것이다. 아들과 나의 다름을 눈으로 확인하는 순간이었다. 그런 차이를 모르고 상대방 탓만 해온 셈이다. 관계 개선을 위해서는 나에게는 기다림이, 아들에게는 실행이 필요했다. 직접 말하면 잔소리에 그쳤을 텐데, 이렇게 검사 결과로 확인하니 아들도 조금은 수긍한 눈치였다.

물론 이것은 간편 심리검사이고 참고만 해야지, 100퍼센트 맹신하면 위험할 수 있다. 하지만 관계 개선의 실마리는 되었다. 마지막으로 아들에게 앞으로 노력해보자는 말을 꺼냈다. 아들도 말없이 고개를 끄덕였다. 그리고 아들은 방으로 사라졌다. 그래, 그거면 되었다.

사춘기 자녀와 갈등으로 어려운 상황이라면 인근 청소년 상담센터에 방문해서 전문가에게 직접 심리검사를 받아보길 권유한다. 그동안 몰랐던 점을 알 수 있고, 더불어 서로를 이해하는 계기가 될 수 있다.

상담 중 다투던 엄마와 아들

"내가 낳은 아들인데도 그 속을 모르겠어요. 나랑 달라도 너무 달라."

"엄마만 그런 줄 알아? 나도 그래. 답답해 죽겠어."

학업 문제로 상담실을 찾은 모자는 상담 내내 티격태격했다. 담당 상담자인 나는 무척 난감했다. 표면적으로 드러난 학업 부진의 이유는 집중력 부족이었지만, 심리검사와 면담을 통해 사실은 부모와 자식 간의 갈등이 주요 원인임을 알 수 있었다.

엄마는 차분하고 계획적이며 느긋한 성격인 데 반해, 아이는 활발하고 충동적이며 급한 성격이었다. 그러니 사사건건 부딪힐 수밖에 없었고, 학업에도 부정적인 영향을 끼쳤다. 통상 학업 문제는 그 자체로만 보는 경향이 있는데, 깊이 들어가면 심리적인 부분이 더 큰 문제인 경우가 많다.

그 당시 나는 결혼은 했지만 아이는 없었다. 사람마다 당연히 다르기 마련이니, 부모와 자식 사이라도 서로 다른 점을 이해하고 기다려주는 식으로 틈을 좁히는 것이 필요하다는 교과서적인 조언을 했었다.

물론 틀린 말은 아니었지만, 지금 다시 그런 상황을 마주한다면 얼마나 힘든지 충분히 헤아릴 수 있을 것 같다.

아이는 커가면서 점점 자기 세계를 만들어간다. 무조건 부모 말을 따르던 전과 달리 나름의 취향도 생긴다. 아이가 부모의 취향이 나와 맞지 않다고 당당히 말하면 많이 성장했다고 느끼는 한편 섭섭한 마음이 들었다. 나를 무척 따르던 아이였는데.

얼마 전 실시한 심리검사 결과에서도 아들과 나는 확연한 차이가 있었다. 나는 사람과 관계하는 것을 좋아하고 현실적인 부분에 집중하면서 어떤 일이든 미리 계획을 세우고 절차대로 진행하려고 노력하는 반면, 아이는 내성적이며 혼자 있기를 좋아하고 사색과 공상을 즐겨 하며 계획을 세우기보다는 닥치면 일을 처리하려는 경향이 강했다.

처음엔 그 차이를 이해하지 못하고 "어떻게 저렇게 행동할 수 있지? 정말 모르겠다"라며 사소한 일에도 대립했다(물론 지금도 진행 중이지만). 그나마 이제는 싫어하는 것을 명확히 아니깐 서로 조심하고 피하면서 아슬하게 줄타기 중이다.

아내와 나의 유전자를 물려받은 아이임이 분명한데 이렇

게나 다르다니. 예전에 상담실에서 만난 어머니의 속 터지는 마음을 이제는 조금 알 것도 같다. 이제 와서 다시 반품할 수도 없고. 이혼 커플이 헤어지는 이유가 '성격 차이'라는 말이 그렇게 공감될 수가 없다.

돌이켜 보면 나도 부모님과 성격 차이가 있었다. 학창 시절 운동을 했고 직업군인이셨던 아버지는 강인함의 전형이었다. 특히 남자는 배포도 넓고 당당하며 소위 남자다워야 한다는 도식이 있었다.

반면 나는 활달했지만 행동은 소심한 면이 많았다. 누나들과 함께 커서 책과 음악을 좋아하는 감수성이 예민한 아이였다. 아버지는 더 남자답게 행동하길 바랐지만, 나는 그럴수록 더욱 의기소침해졌다. 노력도 해보았지만 타고난 심성이 그렇지 못했다. 어느 순간부터 아버지를 멀리했다.

물론 지방 근무로 집을 자주 비우던 아버지가 내가 더 강해져서 그 빈자리를 채워주길 바라는 마음이 있었음을 지금은 이해하지만, 그때는 마냥 잔소리 같고 불편하기만 했다.

시간이 흘러 성인이 된 뒤 아버지와 단둘이 술자리를 한 적이 있었는데, 그때 속 이야기를 털어놓았다. 아버지가 차라리 있는 그대로 내 모습을 인정하고 존중해주었으면 둘 사이의 관계가 훨씬 낫지 않았을까 하는 아쉬움이 남았다. 아버지도 아버지가 처음이라 그랬으리라.

주말 저녁, 식사를 마치고 아들에게 산책하러 가자고 했다. 두 달 전부터 매주 가기로 약속했건만, 피곤해서, 축구를 봐야 해서, 귀찮아서 등등 여러 핑계를 대며 빼먹기 일쑤였다. 하지만 그날은 웬일인지 순순히 따라왔다.

시원한 가을바람에 걷는 발걸음마저 가벼웠다. 아들도 한결 기분이 좋아 보였다. 우리는 이런저런 이야기를 나누다가 다가올 기말고사에 대한 이야기가 나왔다. 나는 아이에게 암기과목이 약하니 지금부터 계획을 세워서 차근히 준비하면 어떠냐고 했고, 역시나 아이는 닥치면 알아서 한다며 받아쳤다. 순간 저 밑에서 어떤 감정 하나가 쑥 올라왔지만, 좋은 분위기를 망칠 것 같아 누그러뜨렸다.

그때 눈앞에 건물 불빛이 비친 개천이 아름답게 반짝이고 있었다. 누가 먼저랄 것 없이 나와 아들은 휴대전화를 들고 그 장면을 담았다. 많은 면에서 달라졌지만, 여전히 우리 부자는 사진 찍기라는 공통의 취미가 있었다. 자신이 찍은 사진을 서로 보여주며 누가 더 잘 찍었는지 옥신각신했다.

씩 웃는 아들을 바라보며 문득 그런 생각이 들었다. 이제는 아이를 있는 그대로 바라봐주면 어떨까? 이제껏 나와 다르면 틀렸다고 지적하며 은연중에 나의 틀에 꿰어 맞추려 했다. 쉽지는 않겠지만, 아이에게서 좋은 면, 잘하는 점을 찾으려 노력하면 언젠간 아이 안에 긍정의 싹이 자라 꽃을 피우리라. 아이가 어렸을 때 무한 긍정으로 품어주던 그때의 마음이 절실히 필요한 지금이다.

잘 살 자신이 없다는 아이

일요일 오후, 아들과 잠시 침대에 누워 한가로이 시간을 보냈다. 나는 넷플릭스로 영화를 보았고, 아들은 유튜브 삼매경에 빠졌다. 각자의 세상에 충실하다가 잠시 현실로 돌아와 이런저런 이야기를 나누었다.

자연스레 이야기는 아들의 학교 생활로 흘렀다. 아이는 순간 얼굴을 잔뜩 찌푸리더니 별로라는 느낌을 온몸으로 드러냈다.

"아빠, 공부가 얼마나 힘든지 알아? 나중에 대학도 가야 하는데 자신도 없고. 취업은 또 어떻게 해? 집은 구할 수 있을까?"

"무슨 소리야. 당연히 가능하지. 아빠보다 훨씬 잘 살 테니까 걱정하지 마."

"몰라. 나는 솔직히 아빠보다 잘 살 자신이 없어."

아들의 말을 듣는 순간, 마음이 쿵 하고 내려앉았다. 이제 겨우 중학생에게서 나온 말이 아빠보다 잘 살 자신이 없다라니. 무언가 도움이 될 만한 이야기를 하고 싶었지만, 막상 떠오르는 말이 없어서 그저 아들의 머리만 쓰다듬었다.

생각해보면, 나도 어릴 때 많이 들은 말이었다. 가정 형편이 좋지 못해서 공부를 하지 못했던 어머니는 그 한을 자식에게 풀었다. 그래서 귀에 인이 박이도록 "공부 열심히 해서 좋은 대학에 가라"라는 말을 했다. 어머니보다는 더 나은 삶을 살길 바라는 마음은 은연중에 내 안에 심어졌다.

그때는 반드시 좋은 대학에 가고 좋은 곳에 취업하는 것이 더 나은 삶인지 고민할 새도 없었다. 그냥 그대로 받아들였다. 한편 더 나은 삶을 살 거라고 막연히 생각했다. 삶을 핑크빛으로만 바라본 순수하던 시절, 어렸기에 가능한 일이었으리라.

물론 수능 시험을 망치고, 바늘처럼 좁은 취업 문에 좌절하고 나서는 금세 현실을 직시했지만. 그래서 한창 꿈꿀 나이에 좌절하고 절망부터 하는 아들의 모습은 적잖은 충격이었다. 중학생 아이가 앞으로 살아갈 삶은 그렇게나 희망이 없는 것일까?

아들은 내가 어릴 때보다 이른 시기에 훨씬 많은 시간을 공부에 쏟고 있다. 그런데도 원하는 대학에 갈 수 있을지 걱정한다. 솔직히 말하면 나도 의문이다. 물론 학령 인구가 감소하고 예전처럼 대학 문이 좁지는 않지만, 오히려 수도권 소재 대학의 경쟁률은 떨어지지 않는다고 하지 않는가? 분산되지 않고 집중됨으로써 아이들은 더욱 치열한 경쟁에 놓인 셈이다.

취업은 또 어떤가? 젊은 사람들 대다수가 공무원 시험에 매달리는 현실은 그저 한숨만 나온다. 그나마 반가운 소식은 예년에 비해 공무원 시험 경쟁률이 떨어졌고, 취업이 아닌 창업을 통해 새로운 길을 모색하는 젊은이들이 늘었다는 것이다.

하지만 통계청 중소기업부의 조사에 따르면, 창업 5년 차에는 3분의 2 이상이 폐업한다고 하니 그 틈바구니에서 얼마나 생존할 수 있을지도 의문이다. 취업 실패로 인한 청년층의 우울증 증가라든지, 새로운 사회적 문제로 대두되는 청년 고독사가 남 일처럼 여겨지지 않았다. 멀지 않은 시기에 사회생활을 할 아들 세대에서는 더 큰 문제가 될지도 모를 일이다.

최근 들어 서울을 떠나는 2030세대가 급증하는 추세라고 한다. 자발적 이동이 아니라 치솟는 집값에 떠밀려 나가거나, 부모님이 서울 밖으로 이사하면서 함께 떠난 경우였다. 물론 다른 지역에 직장이 있어 그곳에서 터를 잡는다면 걱정이 없지만, 그렇지 않다면 장시간을 도로에 버려야 할 것이다.

나중에 아들이 결혼해서 집을 떠나 독립했을 때 이런 살

인적인 집값 때문에 방 한 칸이라도 제대로 마련할 수 있을지 걱정이었다. 부모로서 도움을 주고 싶어도 노후를 생각하면 그마저도 언감생심이다.

그나마 다행인 것은 청년층을 위한 생활 안정 지원이라든가, 일자리 확충 및 창업 지원 등 다양한 정책이 수립되어 실행되고 있다는 것이다. 소수가 아닌 다수가 더 많은 혜택을 받고, 희망을 품고 살길 바랄 뿐이다.

아들이 불확실한 미래에 관해 고민하는 건 자연스러운 현상이지만 이때 느끼는 불안을 가볍게 넘겼다가는 스스로 실패자란 낙인을 찍을 수 있다. 그래서 가장 중요한 점이 격려와 지지다. 수시로 부정적인 이야기를 쏟아내더라도 묵묵히 버텨주고 작은 성공 경험에도 긍정적인 피드백을 준다면, 그 경험들이 쌓여 자존감과 자신감을 길러줄 것이다.

이 험난한 세상을 헤쳐 나갈 힘을 기르려면 지금 이 시기가 무엇보다 중요하다. 아들에게 든든한 키다리 아저씨가 되어 부정이 긍정으로 바뀔 때까지 버텨내야겠다.

자퇴 브이로그가 당황스러운 아빠

얼마 전, 2박 3일간 사내 강사 역량 강화 교육을 다녀왔다. 전국 각지에서 근무하는 동료 강사들과 한자리에서 만나는 흔치 않은 기회였다. 회사에는 살짝 눈치가 보였지만 과감하게 부서장 결재를 득했다.

교육 첫날 일정을 마치고 오래간만에 저녁 회식을 하기로 했다. 특별한 성과 보수도 없는데 그저 강의가 좋아서 사내 강사를 하는 사람들이었다. 그래서인지 다들 끼가 남달랐다. 시끌벅적 웃음이 끊이지 않던 중, 강원도에서 온 B가 보이지 않았다. 분명 교육할 때는 있었는데, 이상했다. 평소 술자리라면 절대 빠지지 않는 그였는데, 무슨 일이 있나 궁금했다. 그래서 같은 방을 쓰는 C에게 물어보았다.

"B는 어디 갔어요?"

"아들에게 갔어요."

"아들이요? 아들이 여기 있어요?"

"기술 배운다고 이 근처에 있는 기술학원에 다닌다네요. 혼자 자취하며 지낸다는데, 대단해. 아들 밥 사주고 온다고 했어요."

나뿐 아니라 주변 동료도 놀랐다. 1차를 마치고 2차로 호프집에 갔을 때, 불쑥 B가 나타났다. 온 시선이 그에게로 향했다. 호기심 가득한 강사들이 그냥 넘어갈 리가 없었다. 아들에 관한 질문이 쏟아졌다.

B는 머리를 긁적이며 자초지종을 설명했다. 평소에도 공부에 큰 관심이 없던 아들이 고등학교 3학년이 되는 시점에 학교를 그만두고 기술을 배우겠다고 했단다. 그러라고 했더니, 본인이 직접 알아보고 경기도 쪽에 있는 기술학원에 가고 싶다고 했다고. 그래서 학원 근처에 방을 얻어주었고, 혼자서 밥도 해 먹으며 학원에 다닌다고 했다. 아무렇지도 않은 듯 담담하게 말하는 모습이 더욱 놀라웠다.

"옛날부터 공부에 크게 관심이 없더라고. 무얼 하려나 지켜보았더니 기술을 배운다고 하네요. 일단 가서 부딪쳐보라고 했어요. 해보다 안 되면 또 다른 길이 보이겠죠. 저는 그냥 아이가 행복했으면 좋겠어요."

이렇게 멋진 부모와 자녀를 보았나. B는 결혼 전부터 그런 생각을 가졌고 아내도 같은 마음이라, 어릴 때부터 공부보다는 아이들 데리고 여행도 많이 다니고 다양한 체험을 하려고 노력했다. 모두가 획일적인 삶을 살 필요는 없지 않냐며 되묻는데, 아무 말도 할 수 없었다.

나는 대단하다고 생각하면서도, 마음 한편에는 그래도 학교는 마쳐야 하지 않나 하는 생각이 스쳤다. 자퇴를 떠올리면 여전히 부정적 이미지가 떠올랐다. 내가 학교에 다니던 시절만 해도 자퇴는 학교에 적응하지 못하는 아이나 하는 것이었다. 흔치 않은 일이라 화제가 되기도 했다. 내 주변엔 그런 친구조차 없었다.

최근 10대들 사이에서 인기를 끌고 있는 '자퇴 브이로그'를 본 적이 있다. 자퇴하는 학생은 학교에 가는 마지막 날 친구들과 함께 노래를 부르고, 칠판에 작별 인사를 적었다. 자리에는 과자, 우유, 초콜릿 등 간식이 수북이 쌓여 있었다. 마지막에는 자퇴원을 제출하는 것으로 영상은 끝이 났다.

그 영상을 보고 충격을 받았다. 자퇴를 당당히 드러내고, 주변 친구들 역시 응원하는 모습이 이해되지 않았다. 솔직히 영상 속 아이가 걱정되기도 했다. 그래도 제도권 안에 있어야 하지 않을까?

여성가족부가 2021년에 발표한 '학교 밖 청소년 실태 조사'에 따르면 학교 밖 청소년 중 29.6퍼센트가 "다른 곳에서 원하는 것을 배우기 위해서 학교를 관두었다"라고 응답했고, 2018년 조사 때보다 6.2퍼센트포인트 상승했다. 10명 중 3명은 원하는 것을 배우고 싶어서 학교를 떠난다는 의미였다. 이쯤 되면 자퇴란 부적응 학생이란 인식에서 벗어나 새로운 인생 목표를 위한 하나의 선택으로 받아들여야 할 것 같다. B의 아들처럼 주체적으로 결정하고 그 길을 위해 열심히 달려가는 아이들도 있으니깐.

만약 우리 아이가 자퇴한다고 선언하면 어떨까? 동료 B처럼 쉽게 허락할 수 있을까? 내가 학교 다닐 때보다 더 심한 경쟁에 치여 허덕이는 아이를 안타깝게 바라보면서도 선뜻 다른 길을 가겠다고 하면 흔들리지 않을 자신이 없다.

더군다나 그저 학교가 싫다고 해서 떠난다면 더욱 주저할 것 같다. 공교육의 위기라고는 하지만 여전히 학교가 가진 의미는 분명히 있다고 생각한다. 공부하는 것뿐만 아니라 관계를 맺고, 규칙 안에서 생활하고, 안정적으로 미래를 도모할 수 있는 발판이다. 물론 지금처럼 학교가 학교로서 역할을 제대로 하지 못한다면 언젠가 그런 의미조차 사라지겠지만.

그래도 마음속에 다른 선택지도 하나 새겨놓아야겠다. 혹여나 그런 상황에 맞닥뜨렸을 때 아이에게 확고한 목표가 있다면 조금만 당황하고 그 길을 믿어주기 위해서라도.

우리 아이 적성이 궁금해

토요일 오후, 아들을 학원에 데려다주기 위해 함께 차에 탔다. 아이가 중학생이 되자 아내는 과학 학원을 등록했다. 뒷자리에 앉은 아이는 이내 핸드폰의 세계로 떠났다. 따스한 햇볕이 좋아 창문을 내리니 봄바람이 불어와 어깨를 간지럽혔다. 이제 겨우내 움츠렸던 생명이 활짝 기지개 켜는 시기가 도래했다.

봄기운에 취해서였을까, 불쑥 아이의 꿈이 궁금했다. 그래서 핸드폰 삼매경에 빠진 아이를 불러 눈을 맞추고 물었다. 생뚱맞은 질문에 살짝 당황하더니, 잘 모르겠다고 답했다. 예측을 한 치도 벗어나지 않았다. 어릴 때부터 나중에 뭐가 되고 싶은지 물으면 항상 지금처럼 모른다고 했기 때문이다.

그에 반해 초등학생인 딸은 꿈이 몇 번이나 바뀌었는지 모른다. 경찰, 의사, 가수를 지나서 지금은 패션 디자이너다.

남매가 달라도 너무 달랐다. 가끔 표현이 많고 활발한 딸과 차분하면서 생각 깊은 아들을 반반 섞으면 좋겠다고 생각했다.

이야기가 이대로 끝날 줄 알았는데, 아들이 나는 꿈이 있었냐고 물었다. 꿈이라. 꿈을 처음 가져본 것은 고등학교 2학년 1학기가 끝나갈 무렵이었다. 학교에 공군사관학교 생도가 찾아와 입시 홍보를 했다. 멋들어진 제복과 조종사에 관한 이야기에 가슴이 설렜다. 시간이 지나도 그 열망은 사그라지지 않고 활활 타올랐다.

고민 끝에 부모님께 말씀드렸다. 한창 수능에 집중할 시기에 다른 공부를 하겠다는 나를 부모님은 처음에는 말렸지만, 끝내 허락하셨다. 그렇게 1년을 준비했지만, 결과는 불합격이었다. 뒤늦게 수능 준비를 다시 시작했지만, 공백을 메우지 못하고 시험도 망쳐버렸다. 찬찬히 내 이야기에 귀를 기울이던 아들은 결국 나의 꿈은 실패였다면서 차라리 꿈이 없는 본인이 낫다는 궤변을 펼쳤다.

"틀린 말은 아닐지도 모르지만, 꿈을 꾸고 시도도 해보았기에 후회는 없어. 그때 도전하지 않았더라면 두고두고 미련이 남았을 것 같아."

내 말에 아들은 미덥지 않은 표정으로 나를 쳐다보았다. 예전에 보았던 드라마 〈스물다섯 스물하나〉가 떠올랐다.

처음엔 고등학생 이야기라 거리감이 있을 줄 알았는데, 시대 배경이 내가 학교에 다녔던 때라 옛 추억도 새록새록 떠오르고 주인공들도 연기를 너무 잘해서 푹 빠졌다. 그중에 생각난 에피소드가 있었다. 펜싱부 신입생이 재능이 없는 것 같아 펜싱을 그만두고 싶어 했다. 펜싱부 선배들도 합세해 신입생 편에 서면서 훈련을 거부하는 초유의 사태가 벌어졌다.

그러자 코치는 신입생이 전국대회 8강에 들면 펜싱을 그만둘 수 있게 해주겠다고 선언했다. 열심히 노력해서 8강에 오른 신입생에게 코치는 이번에는 4강에 도전해보라고 했지만 신입생은 또 다른 꿈을 위해 미련 없이 펜싱부를 떠났다.

또 다른 에피소드도 있었다. 전교 1등인 모범생이 교사에게 폭력을 당하는 친구를 대변하다가 부당함을 겪고 자퇴를 결정했다. 엄마는 처음에는 격렬히 말렸지만, 자퇴를 결정한 딸을 믿고 함께 학교에 가서 폭력 교사를 혼내고 당당하게 자퇴하는 모습이 통쾌하게 그려졌다. 그저 드라마의 한 장면으로 보고 넘길 수 있었지만, 아들과 나눈 이야기 때문인지 여러 생각이 스쳤다. 지금까지 나는 아이가 꿈이 없는 것이 답답하고 조급한 마음도 들었다. 그런데 정작 아들에게 꿈이 생겼는데 그 꿈이 내가 원하는 것과 다르면 어떻게 할지 생각해본 적이 없었다.

아이에게 바라는 꿈은 열심히 공부해서 좋은 대학에 가고 좋은 직장에 취업하는 것이었다. 그런데 그건 아이의 꿈이 아닌 나의 꿈이었다. 앞으로 일어날 일은 예측할 수 없다. 아이가 학교에 흥미를 잃고, 자퇴를 선언하고, 다른 것이 하고 싶어 대학을 포기하고, 어느 날 외국에 가겠다고 할 수도 있다. 그런 상황에서 나는 얼마나 아이의 이야기를 들어주고 지지할 수 있을까? 지금으로선 무조건 반대할 것 같다.

혼자 심각해져서, 아이가 갑자기 자퇴하겠다고 하면 어떻게 할 건지 아내에게 물어보았다. 아내는 잠시 생각에 잠기더니, 먼저 이유를 물어보겠다고 했다. 순간적인 결정일 수도 있으니 한 달 정도 생각할 시간을 주고, 학교를 나온 뒤 어떻게 생활할지 구체적인 계획도 함께 세워보겠다고 했다. 그리고 제도권을 벗어났으니 스스로 챙겨야 하는 점에 대해서도 명확히 알려줄 필요가 있다고 했다.

예상보다 담담한 반응에 놀랐다. 물론 실제 그런 일이 벌어지면 어떻게 행동할지 모르겠지만, 아내가 제시한 답이 무척 공감되었다. 그렇게만 할 수 있다면 아이도 불안한 마음을 덜 수 있을 것 같았다. 이제는 아이의 꿈을 맹목적으로 바라기보다, 스스로 꿈꿀 수 있는 여건을 만들어주고 어떤 상황에도 흔들림 없는 든든한 지지자가 되고 싶다. 그런 부모의 굳건한 모습을 통해 아이도 미래의 씨앗을 마음껏 키워갈 수 있겠지. 쉽지 않겠지만, 지금부터라도 노력해봐야겠다. 아이의 꿈은 내 것이 아닌 본인 것이니까.

사춘기 자녀의 성교육

아들이 어릴 때부터 목욕탕에 데려갔다. 둘 다 물을 좋아하기에 한 달에 한두 번은 때도 밀고 뜨거운 물에 몸을 담가 피로를 풀었다.

그런데 아들이 사춘기가 시작되면서부터 목욕탕에 가는 것을 피하기 시작했다. 처음엔 나와 함께하는 것이 싫은 줄 알고 서운했는데, 나중에 알고 보니 성기에 털이 나서 부끄러웠던 것이다. 이렇게 무심한 아빠가 있다니. 그러고 보니 인중 사이에 거뭇하게 수염도 자랐다. 뒷모습만 보면 어른이라고 해도 어색하지 않았다.

이제는 성교육을 해야 할 때가 왔다고 느끼면서도 쉽사리 실천에 옮기기가 어려웠다. 그러던 차에 사내 게시판에 부모 성교육에 관한 교육 공지가 떴다. 강사는 TV에도 자주 나와서 이름만 들어도 다 알 만한 유명한 분이었다. 들으면 좋겠다 싶어 서둘러 신청했더니, 벌써 마감이란다. 사람들이 이렇게나 관심이 많은 줄 몰랐다. 아쉬운 마음에 대기자 명단에 이름을 넣었다. 그리고 며칠 뒤 자리가 났다는 연락을 받았다.

두근거리는 마음으로 강의장 문을 열었다. 빈자리가 없을 만큼 꽉 들어찼다. 강의는 아주 현실적이었다. 요즘 아이들은 미디어를 통해 부모가 생각하는 것보다 훨씬 이른 시기에 성을 접한다. 강의 내용은 요약하면 다음과 같았다.

사춘기 남자아이들은 야동을 통해 잘못된 성 의식을 가질 가능성이 크기 때문에, 부모의 올바른 성교육이 무엇보다 중요하다. 성은 은밀하고 피할 것이 아니라 오히려 드러내서 구체적으로 알려주어야 한다. 성교육도 이른 시기에 해야 한다. 초등학교 고학년이 되면 시작해야 한다.

강사는 실제 상담한 사례도 소개해주었는데, 마음이 무거웠다. 비행 청소년 교육을 하며 만났던 아이들이 떠올랐기 때문이다. 성에 관한 잘못된 관념이 상상할 수도 없는 결과를 초래하고, 최악의 경우엔 가해자가 되어 법적인 처벌도 면할 수 없었다.

내 아들 역시 이런 문제에서 완전히 자유롭다고 말할 수 없었다. 2시간은 금방 흘렀고, 교육에 참여하길 잘했다는 생각이 들었다.

문제는 내가 성교육을 할 수 있을까였다. 나는 어릴 때 제대로 성교육을 받은 적이 없다. 지금도 기억나는 장면이 있다. 온 가족이 모여 〈토요명화〉를 시청 중이었다. 사랑하는 두 연인이 그윽한 눈길을 주고받으며 불타는 사랑의 불꽃을 태우기 직전이었다. 두 얼굴이 점점 가까워지자 아버지는 "음" 하는 소리를 연신 내며 불편함을 감추지 못했다.

그 당시 초등학교 6학년이었던 나는 화면에 빨려 들어갈 듯 몰입했었다. 입술이 맞닿으려는 순간, 아버지는 몹시 민망한 얼굴로 안방으로 사라지셨다. 어머니는 이때다 싶어 채널을 다른 곳으로 돌렸다. 터질 듯한 나의 심장은 그 뒤로도 한참을 잦아들 줄 몰랐다. 얼마나 아버지가 원망스럽던지. 우리 집에서 성은 열면 안 되는 판도라 상자 같았다. 부모님의 불편해하는 모습에 나도 차오르는 궁금증을 속으로만 삼켰다.

초등학교 졸업을 앞둔 어느 날이었다. 아침에 일어났더니 속옷이 축축하게 젖었다. 오줌을 싼 게 아닌가 싶어, 부끄러워 세탁기에 내놓지도 못했다. 그 뒤로도 이런 일이 몇 번 반복되었고, 누구에게 말도 못 하고 냉가슴만 앓았다. 그러다 우연히 같은 반 친구에게 비슷한 경험을 들었고, 몽정이라는 것을 처음 알았다. 얼마나 다행스럽던지. 그래도 부모님께는 어떤 말도 하지 못했다.

중학교에 입학해서 수염도 나고 목소리도 굵어지는 등 변성기가 시작되었다. 더불어 성에 관한 호기심이 하늘을 찔렀다. 또래 중에 형이 있던 친구가 가끔 야한 소설이나 잡지를 학교에 가지고 와서 우리의 상상력에 불을 지폈다. 쉬는 시간에 동그랗게 모여 앉아 조금이라도 더 보려고 몸싸움도 불사했던 시절이 내게도 있었다.

아직도 생생한 빨간 비디오테이프의 기억. 그렇게 처음 마주한 성은 아름답기보다는 상상과는 너무 달랐다. 무언가 불쾌했다. 다행히 청소년기를 지나 성인이 되어 좋아하는 사람을 만나 연애도 하고 결혼까지 이르면서, 성은 배려와 존중이 동반된 소중한 것임을 깨닫게 되었지만.

하지만 주말에 가족과 드라마를 시청하다가 키스 장면이 나오면 나도 모르게 왼손은 아들 얼굴을, 오른손은 딸의 얼굴을 향했다.

차라리 손바닥으로 하늘을 가리지, 내가 뭐 하나 싶었다. 막거나 피하는 것이 아니라 이 상황을 자연스럽게 받아들이고, 오히려 편하게 이야기 나눌 수 있으면 좋으련만.

부모님이 그랬듯 내가 오히려 어색했다. 이래선 안 되겠다 싶어 아내와 상의한 끝에 사춘기의 구간에 진입한 아들과 터놓고 이야기를 나누기로 했다. 쇠뿔도 단김에 빼라고, 곧바로 날을 잡았다.

"아들, 엄마랑 이야기했는데, 너랑 성에 관해서 터놓고 말하는 시간을 가지면 좋을 것 같은데. 어때?"

"그냥 뭐, 알 건 다 아는데 굳이…."

"그래? 어디서 배웠어?"

"학교 성교육 시간에도 배웠고, 책에도 자세히 다 나와 있어."

"그래도 엄마랑 아빠는 걱정되는 점도 있고, 지금 시기가 무척 중요하다고 생각해."

"그럼, 내가 궁금한 게 생기면 그때 물어볼게. 지금 말하긴 좀 그래."

아들은 부담스러운지 바로 응하지 않았다. 하지만 일단 이야기의 물꼬를 텄다는 데 의의가 있었다. 성교육 강사님이 추천해준 도서를 아들에게 주었다. 읽고 궁금한 점이 있으면 언제든 물어보라고 당부했다. 억지로 밀어붙이기보다는 아이가 원할 때 이야기하는 편이 나을 것 같았다.

하지만 내가 그랬듯 아들이 알아서 해결하길 바라는 건 맞지 않다고 생각해서, 주변에 성교육 전문가가 있기에 도움을 청했다. 그랬더니 다음과 같이 이야기해주었다.

> 부모 성교육을 받고도 TV에 나온 키스 신을 보고 당황하여 아이들 눈을 가린 이유는 부모가 자신의 어릴 적 경험에 기반하여 성이 부끄럽고 민망한 것이라고 생각했기 때문이다.

그러나 부끄럽거나 어색한 건 아이도 마찬가지다. 키스

신이 나오면 '사랑하는 사람들이 하는 자연스러운 행동'이라고 알려주면 좋을 것이다. 나아가 엄마·아빠의 첫 키스는 언제였는지, 언젠가 사랑하는 사람을 만난다면 하게 된다는 식으로 자연스럽게 이야기해주면 된다.

이미 사춘기에 접어든 아이에게 "자, 이제 성교육을 해보자"라며 진지하게 접근하면 아이도, 부모도 자연스러워질 수 없다. 어릴 때부터 아이와 같이 목욕하면서 어른과 아이의 성기가 어떻게, 왜 다른지, 2차 성징에 관해 이야기를 나누는 단계가 있었다면 대화를 시도하는 일이 덜 어색할 것이다. 무엇보다 가정에서 어릴 때부터 서로 터놓고 이야기하도록 노력해야 한다.

너무 낯설고 민망하다면 성교육을 전문가에게 맡기는 편이 나을 수도 있다. 요즘은 관련 기관에서 하는 교육 프로그램도 많다.

그러니까 성교육을 자연스럽게 할 수 있는 부모 자녀 관계가 쌓여 있는지 먼저 생각해봐야 할 것이다. 동영상이나 교육 자료, 책 같은 것을 저녀와 같이 보고 의견을 나누는 것도 좋다. 또 어렸을 적 경험을 아이와 공유하며 가볍게 이야기를 시도하는 것도 좋은 방법이다.

밖에 나가 놀기 어려운 아이들

몇 년 전, 넷플릭스 〈오징어게임〉이 화제가 되었다. 궁금한 것은 못 참는 성격이라 몰아서 보았다. 사람들이 왜 열광하는지 알 수 있었다. 그중에서도 나를 단숨에 사로잡은 것은 바로 '놀이'였다. 어릴 적 했던 술래잡기, 구슬치기를 비롯한 오징어게임은 옛 추억을 소환하기에 충분했다.

통로를 지나가려는 자와 막으려는 자 간에 처절한 사투가 벌어졌다. 실제 싸움으로 번지기도 부지기수였다. 다친 친구들도 많았다. 지금 생각해보면 놀이를 넘어 모의 전투 훈련 같기도 하다. 그 밖에도 얼음땡, 다방구, 말뚝박기 등 놀이 대부분이 뛰고, 잡고, 구르고, 뒹구는 것이었다.

문득 우리 아이의 놀이가 궁금해졌다. 초등학교 저학년 때만 해도 잡기 놀이를 좋아해서 놀이터에서 자주 뛰어놀던 기억이 있는데, 어느 순간부터 방에서 핸드폰만 쳐다보고 있다. 사춘기에 진입한 지금은 정도가 지나쳐 가족 간의 갈등으로 번지기도 했다. 얼마 전에도 일요일 내내 네모난 화면을 쳐다보고 있길래 한마디 했더니, 이런 대답이 돌아왔다.

"아빠는 내 스케줄이 어떤지 알아? 평일에는 숙제하느라 시간도 없어. 주말에 좀 하는 것 가지고. 이게 유일하게 쉬는 거라고."

하긴, 아이는 학교와 학원에 오가며 바쁜 하루를 보내고 있었다. 이게 쉬는 거라는 아이의 말에 아무 말도 할 수 없었다. 비단 우리 집만의 문제는 아니었다. 코로나로 밖에 나가기가 쉽지 않아지면서, 집집마다 게임과 유튜브 늪에 빠진 아이들로 속앓이를 했다.

한편 궁금하기도 했다. 도대체 어떤 재미가 있길래 저렇게 푹 빠져 있을까? 지피지기면 백전백승이라고 했던가. 적을 알아야 물리칠 방법도 찾을 수 있을 것 같았다. 수시로 빈틈을 노리다 드디어 기회를 포착했다. 저녁때 아이가 가장 좋아하는 치킨을 사준 후 슬슬 꼬시기 시작했다.

"아들, 요즘 하는 게임이 뭐야?"

처음엔 경계의 눈빛을 보였다. 꼬투리라도 잡는 것은 아닌지 의심하는 눈초리였다. 하지만 게임이 궁금하다고 안심시켰다. 치킨도 한몫한 것 같다. 몇 가지 이야기를 해주었는데, 얼핏 들어도 쉽지 않을 것 같았다. 다행히 그중에서 축구 게임이 있었다. 아이가 가장 좋아하는 게임이기도 했다. 나도 왕년엔 오락실에서 방귀깨나 뀌었던 사람이 아니던가. 그 당시 유행했던 〈스트리트 파이터〉로 동네를 평정한 후 원정까지 간 나름 실력자였다. 대학 때는 〈스타크래프트〉를 하느라 게임방에서 무수히 많은 밤을 지새웠다. 나도 한번 해봐도 되냐고 물었더니 옅은 미소를 지으며 고개를 끄덕거렸다. 그 미소에 담긴 의미는 나중에 알았다.

일단 아이 방에 가서 핸드폰을 켰다. 진입부터 쉽지 않았다. 예전엔 팀만 선택하면 시작이었는데, 선수도 하나하나 골라야 하고 전술 조정에 레벨 선택까지 산 넘어 산이었다. 골이 지끈거렸다. 옆에서 지켜보던 아이는 답답했는지 가장 기본으로 설정해주었다. 잔뜩 굳은 손가락을 풀고자 주먹을 쥐었다 폈다. 이게 뭐라고 심장이 두근거렸다. 아이는 옆에서 선수 지정, 슛, 긴 패스, 짧은 패스 등 가장 기본적인 조작법을 알려주었다.

드디어 화면이 켜지고 경기장이 나타났다. 예전에 했던 게임과는 비교도 되지 않을 만큼 세련되고 화려한 비주얼에 놀랐다. 더구나 실감 나는 음향은 마치 경기장에 있는 듯 착각마저 들었다.

휘슬과 동시에 게임이 시작되었다. 첫 번째 패스는 성공했으나, 이내 상대편에 둘러싸여 공을 빼앗겼다. 무서운 진격이 시작되었다. 나름 수비한다고 열심히 선수를 바꿔가며 막아보려 했으나 소용없었다. 가장 기본이라더니, 속도가 무척 빨랐다. 시작한 지 1분도 되지 않아서 첫 번째 골을 먹었다. 계속 허둥지둥하더니 연달아 두 번째 골, 세 번째 골을 허용했다. 옆에 선 아이의 고함이 들렸다.

"아빠. 빨리 패스해야지. 저기 선수가 그냥 가잖아. 빨리 막아! 아이고, 예전에 게임 좀 했다며!"

이런 잔소리를 듣고 나니 의기소침해졌다. 하지만 마음 한구석에서는 불덩이가 타올랐다. 아이 앞에서 이렇게 무너질 순 없었다. 전반전을 마치고, 특훈을 청했다. 다시 한번 찬찬히 슛과 패스를 연마했다. 드디어 후반전이 시작되었다. 공격은 쉽지 않으니, 일단 수비부터 탄탄히 하기로 했다. 섣불리 나가지 않고, 상대방이 오길 기다렸다. 짧은 패스가 오는 순간 앞으로 나가서 공을 낚아챘다. 그리고 미드필더에게 긴 패스를 보냈다. 볼은 정확히 전달되었고, 이윽고 전방에 있던 공격수에게 다시 패스했다. 공을 잡는 순간 아이가 외쳤다.

"아빠, 슛, 슛하라고!"

있는 힘껏 공을 찼으나, 공은 천천히 굴러 골키퍼 앞으로 갔다. 슛도 그냥 하는 것이 아니었다. 부채 모양의 창이 뜨면서 적절한 슛 강도를 선택해서 차야 했다. 나는 그만 가장 약한 지점에서 공을 찬 것이다. 아들의 탄성과 함께 꽉 쥔 손에 힘이 풀렸다. 그것이 마지막 기회였다. 결국 세 골을 더 먹은 후 경기는 끝이 났다. 결과는 7:0이었다. 이후에도 몇 번 더 했지만 결과는 대동소이했다.

아이에게 핸드폰을 빼앗기고 구경꾼으로 전락했다. 아이 옆에 바싹 붙어서 멋지게 골 넣는 모습에 손뼉 치며 감탄하고, 실패했을 때는 내가 그런 듯 안타까워했다. 아이는 어깨에 힘이 잔뜩 들어가 "잘하지 않아?"라며 자랑하는데, 그 모습이 귀여웠다. 솔직히 아이와 웃고 떠든 지가 얼마 만인지 모르겠다.

슬쩍 쳐다보니 예전에 내가 알던 그 아이로 돌아와 있었다. 아이도 나와 이렇게 놀고 싶지 않았을까? 그 맘도 모르고 그저 밖에 나가자고만 했으니 얼마나 답답하고 싫었겠는가. 아이를 위한다고 말만 하면서도 정작 원하는 것을 몰랐다.

오래간만에 게임을 했더니 예전 생각도 나고 은근히 재밌어서 계속하고 싶었다. 왜 그렇게 좋아하는지 이제야 알 것 같다. 아내가 문밖에서 그만하고 공부하라는 말만 안 했어도 밤늦도록 했을지도 모른다.

방에서 나오면서 가끔 이렇게 아이와 게임을 하면 어떨까 하는 생각이 들었다. 잔소리만 늘어놓는 재미없는 아빠보다는 함께 게임을 즐기는 아빠가 훨씬 낫지 않을까? 이것이 아이가 진정 바라는 것이란 생각이 들었다.

아이가 핸드폰 세상에 빠져 방에만 있는 것은 여전히 반대다. X세대 아재라 밖에서 뛰노는 것도 필요하다고 생각한다. 하지만 아이의 놀이 문화를 이해하고, 조금이라도 거리를 좁히는 노력은 해야겠다.

요즘 아이들은 우리 세대와 달리 친구들과의 소통이 온라인으로 이루어진다. 더구나 코로나로 집에 있는 것이 익숙한 아이들에게 마냥 나가라고만 등 떠미는 것은 해결책이 될 수 없다. 오히려 역효과만 날 것이다. 여전히 아이의 놀이 문화를 완벽히 이해할 수 없지만, 해보지도 않으면서 비판만 하기보다 조금이라도 발을 담가본 다음에 판단해도 늦지 않을 것 같다. 무엇보다도 알아야 좋은 점과 나쁜 점도 가려낼 수 있지 않을까? 그 방법의 하나가 게임이라면 시도해봄 직하다. 언젠간 아이와 일대일 대결도 할 수 있을 것 같다. 상상만으로도 설렌다.

한 고비를 넘기니 또 다른 산을 넘고 싶어졌다. 바로 유튜브다. 아이가 게임 이상으로 좋아하는 것이 유튜브 시청이다. 가끔 방에서 깔깔 소리가 나서 가보면 유튜브를 보면서 그리 즐거워할 수 없었다. 나중에 기회 봐서 그것도 보여달라고 꼬

셔봐야지.

오래전 한창 당구에 빠졌을 때, 방에 누우면 천장에 당구공이 굴러가는 모습이 그려지곤 했다. 그날도 게임의 여운이 남았는지 축구공이 눈앞에서 뱅뱅 맴돌았다. 핸드폰 플레이스토어에 들어가 축구 게임을 설치했다. 몇 번 해보았지만 여전히 어려웠다. 시간이 필요할 것 같았다. 이러다 한없이 늦어질 것 같아 아쉬움을 남긴 채 그만두었다. 잠자던 게임 세포가 조금씩 살아나기 시작했다. 그런 의미로 퇴근하고 집에 가면 아들에게 당당하게 말해봐야겠다.

"아들, 오늘 한 게임?"

화장실만 들어가면 기본 1시간

사춘기에 진입한 아들에게 이해할 수 없는 행동 중 으뜸을 뽑으라면 화장실에만 들어가면 나오지 않는 것이다. 처음엔 무슨 일이라도 생겼나 문을 두드려보기도 하고, 변비라도 걸린 건 아닌지 걱정돼 물어보았더니 다행히 아니라고 했다.

왜 그렇게 오랫동안 화장실에서 나오지 않는지 그로부터 한참이 지난 후에야 알았다. 밤 12시쯤 잠이 들었다가 목이 말라 방에서 나왔다. 자연스레 맞은편에 있는 화장실을 보았더니, 문 밑으로 희미하게 빛이 새어 나왔다. 귀를 기울여보니 샤워하는 소리였다. 새벽 1시가 훌쩍 넘었다. 방문이 활짝 열린 아들 방을 보니 아들이었다. 1시간을 넘게 안에 있다는 말인데 이해할 수 없었다.

물을 마시고 잠시 식탁에 앉아 있었더니, 아들이 그제야 화장실에서 나왔다.

"아들, 이렇게나 오래 씻은 거야? 남들 보면 목욕이라도 한 줄 알겠다."
"이도 닦고 해서 오래 걸렸어. 오래 씻든 말든 웬 참견이야."
"늦게 자면 피곤해서 그렇지."
"내가 알아서 할게."

또다시 속에서 욱하는 마음이 들었지만, 마음을 다잡고 조용히 안방으로 향했다. 최근에 대학원 때부터 알고 지낸 비슷한 나이대의 지인들을 만났는데, 다들 아이들 사춘기 때문에 한숨을 쉬던 중 화장실 이야기가 나왔다.

"우리 딸이 화장실만 가면 나오질 않네. 1시간은 기본이야. 밖에서 듣고 있으면 콧노래까지 들리는데, 내 속은 타들어가는 줄도 모르고."
"우리 아들은 또 어떻고. 왜 꼭 밤 12시만 되면 화장실로 사라지는지. 신데렐라도 아니고."

우리 아이만 그런 것이 아니구나 하는 안도감을 느끼면서, 화장실도 화장실이지만 새벽 늦게까지 잠을 자지 않는 이유가 답답했다. 그때 임상심리학을 전공하고 병원에서 근무하는 A가 그 궁금증을 풀어주었다.

"멜라토닌이라고 뇌 속에서 분비되는 호르몬인데, 깊은 잠을 자도록 해줄 뿐 아니라 스트레스로 인한 피로도 풀고 면역력을 강화하는 역할을 담당해. 그런데 사춘기가 시작되면 멜라토닌이 분비되는 시간이 점점 느려져서 잠을 늦게 자는 거야. 병원에 사춘기 아이가 잠을 잘 못 자서 데려오는 부모들이 있거든. 필요하다고 판단될 때는 멜라토닌을 처방해주기도 해. 자연스러운 일이니깐 너무 뭐라 하지 말고. 솔직히 나도 뭐라고 하지만."

아이가 화장실에 오래 있고 늦게 자는 게 호르몬의 영향이었다니. 사춘기는 신체적으로나 정신적으로 급격히 변화하는 시기다. 2차 성징이 시작되어 키가 크고 몸무게도 늘며 성적으로도 조숙해진다. 수시로 기분이 오르락내리락하며 자신을 이해하려고 노력하며 정체성을 탐구한다.

그러므로 기존에 갖고 있던 아이에 대한 시각으로 바라본다면 갈등은 필연적이다. 물론 아는 것과 실천하는 건 차원이 다른 문제이지만.

아들이 외모에도 신경을 쓰기 시작하면서 입이 튀어나온 걸 몹시 못마땅했다. 하긴 사진을 찍으면 입 주변이 도드라지긴 했다. 그래서 인근 치과에 가서 교정해주었다. 음식물을 섭취하고 나면 교정기에 찌꺼기가 많이 걸려서 양치질이 중요했다.

그때부터 더 큰일이 벌어졌다. 어찌나 양치질을 정성껏 하는지, 양치만으로도 30분 이상을 화장실에서 보냈다. 그리고 샤워까지 하고 나오니 이제는 거의 2시간 가까이 화장실에서 보내기 시작했다.

그걸 옆에서 지켜보며 잔소리가 목구멍에서 튀어나오려 할 때마다 마음속에 참을 인 자를 새겼다. 그때부터 거실 화장실은 아들 전용이 되었고, 나와 아내 그리고 딸까지 안방에 있는 화장실을 써야 했다.

한편 생각해보면 그 시간에 자신만의 공간에서 스트레스를 푸는 건 아닌가 싶다. 가끔 어른들도 복잡한 생각을 떨쳐내기 위해 청소를 하거나 러닝머신을 열심히 뛰면서 무념무상에 빠지듯이 말이다.

그렇게 생각하고 아들을 바라보니 이상하게만 여겼던 행동을 조금은 이해하게 되었다. 신기하게도 화장실에 머무는 시간이 점점 줄어들기 시작했다. 얼마 전 고등학교에 들어간 후로는 아침에 일찍 일어나야 해서인지 저녁에 씻는 시간이 30분이 걸리지 않았다. 관성의 법칙처럼 기다리면 언젠가 돌아오게 마련이다.

부부싸움 유발자, 사춘기 아들

결혼 전에 교육청 산하 청소년 상담센터에서 1년 정도 근무했다. 그때 부모 상담을 병행하는 사업을 진행하면서 많은 가족을 만났는데, 하나같이 비슷한 점이 있어서 인상적이었다. 그것은 바로 처음에 한뜻으로 아이를 걱정하던 부모들이 점점 화살을 서로에게 돌리는 것이었다.

"당신이 맨날 애를 싸고도니깐 저 모양이지."

"뭐라고? 당신은 언제 애들한테 관심이나 있었어? 밖으로만 돌았으면서 이제 와서 아빠 노릇 하겠다고. 무슨 자격으로?"

"나는 뭐 좋아서 죽어라 일만 하는 줄 알아? 다 가족들 위해서 그런 거잖아."

"아이고, 선생님, 누가 잘못했는지 이야기 좀 해보세요."

내가 솔로몬도 아닌데 종국엔 나에게 판결을 맡겼다. 그럴 땐 우선 두 사람을 진정시키고 아이들 먼저 생각해야 하지 않냐며 얼른 화제를 돌렸다. 겨우 부부를 진정시키고 아이의 문제에 협력하게끔 노력하지만, 한번 차오른 흥분은 쉽게 가라앉지 않았다.

그때는 그런 부모를 이해하기 어려웠다. 분명 아이 때문에 왔는데도 왜 그리 서로를 못 잡아먹어서 안달인지. 마음속으로는 '그러니 아이가 저렇게 힘들겠지' 하며 부모를 탓하기도 했다.

아이들이 어릴 때만 해도 아내와 나는 육아라는 전쟁 속에서 위기를 함께 헤쳐나가는 전우였다. 아이가 처음 목을 가누고, 뒤집기를 하고, 걷고, 걸음마를 시작하는 순간순간마다 기쁨과 환희를 나눴다. 힘들 땐 서로를 다독이며 고비고비를 넘겼다.

단단했던 우리 관계에 조금씩 균열이 생긴 건 아들이 초등학교에 입학하면서부터였다. 아내는 그때부터 교육에 온 힘을 쏟기 시작했다. 내가 보기엔 지나치다 싶어 이야기를 꺼내면, 아내는 민감하게 반응했다. 그래도 사소한 다툼 정도였다.

하지만 아들이 중학교 시절에 사춘기 증상으로 아무것도 하지 않고 방에만 있을 때, 부부의 갈등은 극에 달했다.

"당신이 민석이 어릴 때 공부시킨다고 야단법석만 안 했어도 애가 저러진 않을 것 아니야."

"나는 애한테 조금이라도 도움 되려고 발품 팔며 알아본 거야. 당신은 아무것도 안 했으면서 나한테 그렇게 말할 자격이 있어?"

"애를 좀 보라고. 저러다가 나중에 큰일이 나면 어떡해? 제발 적당히 좀 해."

"학생이면 공부하는 게 당연하지. 그렇게 방관만 하지 말고 애가 뭐라도 하게 이야기 좀 해봐."

수시로 비난의 화살을 서로에게 향했다. 차츰 다투는 빈도가 늘었고, 찬바람이 불었다. 그 모습은 예전 상담실에서 다투던 부모들과 똑 닮았다.

날이 좋은 가을날, 종일 방에 있던 아들을 간신히 설득해서 산책을 나섰다. 한참을 걷고 있는데 불쑥 아들이 한마디를 건넸다.

"아빠, 엄마랑 그만 좀 싸우면 안 돼? 그 소리가 내 방까지 다 들려. 정말 그럴 땐 기분이 최악이야."

순간, 머리를 한 대 얻어맞은 듯했다. 부끄러워서 쥐구멍이라도 있으면 들어가고 싶었다. 엄마, 아빠가 자기 때문에 싸운다고 생각한다면 얼마나 죄책감이 들고 힘들었을까.

그날 아내와 깊은 대화를 나눴다. 우리의 지금 모습이 아이에게 안 좋은 영향을 미친다는 데 뜻을 모았다. 아내는 교육에 관해 조급한 마음을 버리고 여유를 갖기로 했고, 나 역시 아내와 함께 관심을 두되 부담을 주지 않도록 최대한 신경 쓰기로 했다. 무엇보다 집에서 큰 소리가 나지 않는 걸 최우선 과제로 잡았다.

예전에 TV에서 오은영 박사가 정서불안과 무기력증에 걸린 두 여자아이에게 솔루션을 제시하는 걸 본 적이 있다. 두 아이 모두 늘 기운 없이 축 늘어져 있고, 학교 수업에도 집중하지 못하고 자주 멍해졌다. 그 원인은 바로 부부싸움에 있었다. 부부는 경제적인 문제로 아이들 앞에서 자주 다투었고, 그때마다 아이들은 불안한 모습을 보였다.

오은영 박사는 먼저 부모 관계를 개선하는 데 초점을 맞추고 대화의 시간을 갖고, 서로를 보듬고 안아주도록 유도했다. 조금씩 서로에게 쌓인 앙금이 풀어지고, 그 영향은 아이들에게 즉각적으로 나타났다. 수업 시간에 산만한 모습이 현저하게 줄었고, 전보다 훨씬 생기 있게 변했다. 여기서 꼭 명심해야 하는 대원칙이 바로 "부모가 먼저 변해야 아이도 변한다!"는 것이다.

대부분 사춘기로 자녀가 이상 증상을 보이면 그 탓을 서로에게 돌리고 비난하면서 부부 사이가 나빠진다. 하지만 그럴수록 아이에게는 부정적인 영향만 끼친다. 내 아이를 위해서라도 부부 관계를 개선하는 노력이 필요하다. 때론 잠시 아이 문제에서 벗어나 둘만의 시간을 가져보며 환기하는 것도 좋은 방법이다. 자녀는 부모의 거울이라는 말이 있듯이 부모가 어떤 모습을 보이느냐에 따라서 얼마든지 달라질 수 있다.

공부가 제일 싫어요

"아빠, 공부는 왜 해야 할까?"

밥 먹다 말고 무슨 뜬금없는 소리인지. 그날은 아내와 딸이 외출해서 아들과 둘이 오붓하게 저녁을 먹던 중이었다.

"학생이니 당연히 공부해야지. 그래야 나중에 대학도 가고 직장 생활도 하지."
"꼭 그 방법밖에 없는 거야? 난 공부하기 정말 싫은데."
"물론 공부 말고 다른 길도 있지. 기술을 배워도 되고, 음악이나 운동을 통한 진로도 있고. 그렇지만 그것도 모두 공부가 기본이 되긴 해."
"아, 정말 이 지구가 폭발하면 좋겠다."

얼마나 공부가 싫으면 지구까지 폭발시키려는지. 중학교 2학년이 되어 처음으로 보는 시험을 앞두고, 부담되는지 그런 말로 불안감을 덜어내려는 듯 보였다. 나도 모르게 '라떼는'이 튀어나왔다.

"그래도 요즘은 얼마나 좋아. 아빠 때는 초등학교 들어가면서부터 시험 보고, 과목은 또 얼마나 많았는지. 너는 중학교 2학년이 돼서야 처음 시험 보는 거잖아. 과목도 훨씬 적고. 아빠 같으면야 웃으면서 보겠네."

"그때랑 지금이랑 똑같냐고. 왜 비교하는데? 누가 꼰대 아저씨 아니랄까 봐 맨날 라떼는."

아차차. 이럴 때 정답은, "민석이가 첫 시험이라 많이 부담되지? 아빠도 그랬어. 처음부터 잘하는 사람이 누가 있어? 부담은 내려놓고 편하게 봐. 잘 못 봐도 꾸중할 사람 아무도 없다"일 텐데.

그것도 어려우면 그저 듣기만 해도 절반 이상은 갈 텐데, 직업병 때문인지 문제가 있으면 먼저 해결하려는 것이 몸에 배었다. 아들은 뾰로통하며 식사를 마치고 방으로 돌아갔다.

이 시기에 학업 문제로 상담실을 찾는 아이들에게서 가장 많이 듣는 말이 '공부하기 싫다'였다. 그런데 대부분 부모는 '공부'에만 초점을 맞추지, 아이가 왜 공부하기 싫은지 근본적인 원인은 간과하기 쉽다.

마음과 학업은 신기하리만큼 연결되어 있어서 심리적으로 평온해야 학업에 집중할 수 있다. 자녀가 사춘기 시기에 심각하게 학업을 거부하거나, 무기력하거나, 눈에 띄게 공격적인 증상을 보인다면 무엇보다 마음을 살펴보아야 한다.

이때 '청소년 우울'을 의심해볼 필요가 있다. 통상 우울이라고 하면 기분이 가라앉고 아무것도 할 수 없는 상태를 생각하는데, 청소년 우울은 그 증상이 달라서 충동적인 행동이나 공격적인 모습을 보인다. 심한 경우엔 흡연이나 음주, 가출 등 비행을 저지르기도 한다.

몇 년 전 대한민국에서의 과열된 입시제도를 꼬집어 화제가 되었던 드라마 〈스카이캐슬〉에서 중학교 2학년 사춘기 여학생도 그랬다. 무조건 공부가 최고인 엄마 밑에서 성적이 좋은 언니와 비교 아닌 비교를 당했고, 이로 인한 우울감은 편의점에서 물건을 훔치는 비행 행동으로 나타났다. 결국 물건을 훔친 이유는 엄마의 관심을 받기 위해서였다. 하지만 여학생의 엄마는 단순한 학업 스트레스로 치부하고 심각하게 받아들이지 않았다. 물론 극단적이긴 하지만, 실제 현장에서 만난 사례 중에 관심을 끌기 위해 오히려 문제행동을 보이는 경우가 있었다.

이럴 땐 부모가 적극적으로 개입해서 아이와 시간을 보내고, 그 행동이 명백히 범죄 행동을 인지시키고 그만두게 하려

온갖 노력을 기울여야 한다. 지금 여학생에게 중요한 건 학업이 아니기 때문이다.

실제 우리나라 청소년들이 느끼는 학업 스트레스는 상당히 심각하다. 통계청의 '아동·청소년의 삶의 질 지수 2022' 보고서에 따르면, 우리나라 청소년의 여가 활동은 1위가 학원 및 과외로 전체의 47퍼센트나 차지하고, 스마트폰 사용이 17퍼센트로 그다음이었다. 제대로 쉬지도 못하고 공부해야 하는 상황이다.

더욱이 OECD의 'PISA 2015'에 따르면 우리나라 학생들의 학업에 관한 불안감 지수는 0.10으로 OECD 평균인 0.01을 훌쩍 상회했다. 그만큼 학업 스트레스가 높다는 증거였다. 그뿐 아니라 "시험 준비를 잘해도 불안하다"라는 질문에 그렇다고 답한 비율이 41.9퍼센트로 OECD 평균이 36.6퍼센트인 것과 비교하면 현저히 높았다.

그래서 부모의 '예민성'이 무엇보다 중요하다. 우리 아들도 처음엔 그저 공부가 싫다고만 하다가 점점 아무것도 하지 않는 무기력한 상황에 이르렀다. 더는 안 되겠다 싶어 심리검사를 실시해보았더니, 현재 우울 상태가 심각했고 내적 자원이 0에 다다라 무언갈 하고 싶어도 할 수 없는 지경이었다. 그 상황에 공부하라고 계속 밀어붙였다면 드라마와 같은 행동을 하지 않으리라 보장할 수 없었다.

학업 스트레스를 더는 것이 우선이었다. 아이에게 학업 선택의 주도권을 주었다. 부담되는 학원은 모두 끊고, 좋아하는 취미 활동을 늘렸다. 그 당시 아들이 가장 하고 싶었던 것이 운동과 기타였다. 턱걸이를 하고 싶다고 해서 방에 철봉을 설치하고 함께 운동했다. 영어, 수학 학원 대신 기타 학원을 보냈더니 얼마나 열심히 하던지, 늦은 밤까지 연습하고 자랑스럽게 연주를 보여주었다. 저렇게나 에너지 넘치는 아이였나 싶을 정도로 깜짝 놀랐다.

스트레스가 줄어드니 표정도 밝아지고 말수도 늘었다. 그 타이밍을 놓치지 않고 대화를 자주 시도했다. 전에는 튕겨내기만 하더니 속마음도 꺼내놓고 관계도 개선되었다. 그렇게 하고 싶은 걸 원 없이 하더니, 어느 날 자발적으로 공부하겠다고 나서기까지 했다. 심리적 장애물이 사라지니 그제야 공부할 의지가 생긴 것이었다.

아이가 공부를 싫어하고 전과 다른 행동 양상을 보인다면, 일단 아이의 마음부터 살펴봐야 한다. 학업과 심리적 요인은 떼려야 뗄 수 없는 관계이기 때문이다.

내 아이만 이상한 게 아니야

"선생님, 저는 우리 아이를 보면 딴 사람 같아요. 어떻게 하루아침에 저렇게 변할 수 있는 거죠? 도통 이해할 수 없네요."

사춘기 부모를 둔 부모 상담을 진행할 때 제일 많이 듣는 말이다. 처음엔 어떻게든 어르고 달래거나 강하게 밀어붙여보지만, 이내 소용없음을 깨닫는다. 말이 전혀 통하지 않는 이방인 같은 모습에 결국 손을 놓고 만다. 사춘기에 들어선 아이들도 신체적·심리적 변화에 혼란스럽지만, 그를 바라보는 부모 또한 힘들긴 마찬가지다.

어릴 때부터 한동네에서 나고 자란 친한 친구들이 있다. 석 달에 한 번씩 정기적으로 만나 밥도 먹고 술도 마시면서 고단한 일상을 조금이나마 덜어냈다. 그때마다 이야기의 주제가 달랐다. 취업, 결혼, 육아를 지나 이제는 다들 자녀의 사춘기로 몸살을 앓고 있었다.

"우리 애, 무슨 문제 있는 것 아냐? 하루 종일 말도 안 하고 방에만 있는데, 저러다 무슨 일 나는 것 아닌지 걱정된다."

"그건 양반이다. 나는 지나가다 한마디만 하면 잔소리 그만하라고 어찌나 난리 치는지, 무서워서 말도 못 해."

"난 집에서 투명 인간 취급이야. 집에 들어가면 애들이 방에서 나오지도 않아. 얼굴 제대로 본 지도 꽤 되었다. 방문을 부술 수도 없고."

친구들의 한탄에 "우리 집에도 한 명 있는데" 하며 말을 보탰다. 불과 얼마 전만 해도 카톡 배경에 해맑게 웃는 아이들 사진을 올려놓고 이야기만으로도 흥이 났던 때가 있었는데, 언제였는지 싶었다.

그러면서도 모두들 하는 말이 아이가 혹여나 잘못되는 건 아닌지 두렵다는 것이었다. 반대로 말하면 그만큼 변화가 크다는 뜻이다.

어떤 행동을 하든지 부모의 영역 안에 있던 아이가 점차 자신만의 세계가 생기며 서서히 부모를 떠나는 연습을 하는 시기가 바로 사춘기다. 그래서 부모가 변했다고 느끼는 것도 달리 말하면 “내 말을 잘 듣지 않는다”는 뜻이다. 이제는 부모도 과거의 훈육에서 탈피해야 하건만, 생각처럼 쉽지는 않다. 작은 습관 하나 바꾸기도 어려운데 그 큰일을 하려면 부모 역시도 시간이 필요하다.

그래도 친구들과 고민을 나누고 나니 한결 마음이 편해졌다. 우리 아이만 그런 게 아니라는 안도감이랄까. 심리학에는 ‘사회적 지지’란 개념이 있다. 사회적 지지는 정신적, 육체적 안녕을 유지하는 데 중요한 역할을 한다. 이는 친구와 가족뿐 아니라 지역사회의 지지 기반도 포함한다.

사회적 지지의 가장 큰 장점은 스트레스가 감소한다는 것이다. 힘든 시기에 의지할 대상이 있으면 스트레스와 불안에 더 잘 대처할 수 있다.

아이들이 사춘기 때 부모보다는 친구에게 더욱 밀착하며 의존하듯이, 부모도 이때는 주변에 지지해주는 대상과 꾸준히 관계를 유지할 필요가 있다. 당연한 이야기이지만, 부모가 심적으로 건강해야 이 긴 싸움에서 이길 수 있기 때문이다.

이런 지지 기반의 큰 장점 중 하나는 자신의 사례를 털어놓아 문제를 해결하는 데 도움을 받을 수도 있고, 아이가 본받을 대상이나 사례를 모방할 수도 있다는 점이다.

우리 모임에서도 본인이 강압적인 태도로 자녀를 대한다는 점을 깨닫지 못해서 폭풍 같은 갈등을 겪고 있던 친구가 주변의 조언을 통해 자신의 행동을 돌아보고 관계가 개선되었던 경우가 있었다. 자칫 자녀에 관한 이야기는 조심스러울 때가 많은데, 오랜 기간 신뢰가 쌓여서 가능했다.

사춘기를 외계 생물체가 뇌에 들어가 이상하게 변하는 시기가 아니라, 독립을 위한 자연스러운 과정이라고 이해하면 좋겠다. 당연히 받아들이기 어렵고 몹시 힘든 상황은 사회적 지지를 통해서 덜어내고 말이다. 혼자 끙끙대지 말고, 너무 스트레스가 심해 위로받고 싶을 땐 가장 먼저 떠오르는 이에게 연락하면 어떨까?

학교에서 혼자 밥 먹는 아이

상담실 문이 열리고, 세련된 복장에 곱게 화장한 중년 여성이 들어왔다. 뒤에는 모든 고민을 짊어진 듯한 표정을 한 남학생이 쭈뼛쭈뼛 따라왔다. 일단 아이에게는 심리 검사지를 주고 작성하게 한 다음, 어머니와 접수 면담을 시작했다.

"얼마 전 학교에 학부모 상담을 다녀왔는데, 우리 애가 급식 시간에 혼자 밥을 먹는다는 거예요. 얼마나 놀랐는지. 원래는 친구도 많고 그랬던 아이였는데. 이런 걸 왕따라고 하는 거죠?"

"지금 그 상황만 듣고 섣불리 판단하기 어렵네요. 혹시 선생님이 별다른 이야기는 안 하던가요?"

"네. 딱히 친구들과 어울리지 않을 뿐이지, 별다른 특이 사항은 없다네요. 선생님이 파악하기론 다툼이 있던 적도 없고요. 사춘기 때문인지 코로나 때문인지, 저도 잘 모르겠어요."

"어머니, 많이 걱정되시겠어요. 제가 아드님과 상담하면서 잘 파악해보겠습니다."

상담을 해보니, 어머니가 우려했던 것과 달리 조금 내성적일 뿐 지극히 평범한 학생이었다. 어머니 뒤에서 위축된 모습으로 들어오던 아이가 맞나 싶을 정도로 밝았다. 학교에서 혼자 밥 먹는 이유도 들을 수 있었다.

"반에 마음 맞는 친구가 없어요. 처음엔 저도 친해지려고 노력했는데, 나중엔 그것도 억지 같아서 하기 싫었어요. 저는 욕하는 걸 무지 싫어하는데, 다들 말끝마다 욕하고 말 같지도 않은 저질스러운 농담이나 하고. 그래서 차라리 혼자 지내자고 결심했어요. 그렇다고 친구가 아예 없는 건 아니에요. 다른 반에 중학교 1학년 때부터 친한 친구가 있어요. 자주 만나서 축구나 게임도 같이 해요."

아이는 또래보다 사춘기가 빨리 와서 성숙했다. 아이의 관심사는 '삶의 의미', '죽음', '미래' 등 통상적인 중학교 2학생이 관심을 두는 주제와는 거리가 있었다.

책도 좋아했는데, 고등학생 수준의 책을 읽었다. 같은 반에서만 소극적이었지, 친한 친구와는 오히려 밝고 적극적이었다. 초반에 시행했던 심리검사 결과에서도 불안과 내향성이 다소 높았지만, 문제 될 수준은 아니었다.

아이는 생각보다 잘 지내는데, 오히려 어머니의 불안이 문제였다. 어머니가 예민하게 반응하고 간섭하자, 아이는 오히려 위축되고 자신감을 잃었다. 이럴 땐 정공법이 최선이었다.

"어머니, 심리검사 결과도 그렇고, 제가 상담을 해보니 심리적으로 건강하고, 대인관계에서도 별다른 문제점은 발견되지 않았어요. 사춘기가 시작되었고 현재 반에 마음 맞는 친구가 없을 뿐이에요."

"그래도 뭔가 문제 있어서 그런 건 아닐까요? 애가 맨날 힘도 없고."

"주기적으로 만나는 친구도 있고, 그 관계에서는 오히려 능동적이에요. 다만 어머니의 기대에 미치지 못 미친다고 생각하며 위축되는 면이 강합니다. 어머니의 불안한 마음은 충분히 공감하는데, 아이를 좀 더 긍정적으로 바라봐 주셨으면 좋겠습니다."

"솔직히 성에 차지 않아 조급한 제 마음이 더 문제 같긴 해요."

"이렇게 상담실에 오신 건 정말 잘하신 겁니다. 그만큼 아이에게 관심이 많다는 증거니까요. 조금만 아이를 기다려 주세요."

상담 말미엔 전보다 어머니의 표정이 훨씬 편해 보였다. 이제 사춘기의 전쟁이 시작되었는데, 어머니가 얼마나 인내심을 갖고 견뎌주느냐가 관건이리라.

실제로 사춘기 때 대인관계가 잘되지 않는 경우, 심각한 상황으로 이어지기도 한다. 청소년기의 대인관계 문제가 우울함이나 자살에 이르게 만든다는 통계 보고를 심심치 않게 볼 수 있다.

얼마 전, 아내가 학부모 상담을 다녀와선 표정이 시무룩했다. 무슨 일인지 물어보니, 아들이 대체로 잘 지내긴 하지만 친구 관계에서 소극적이라 신경 쓰면 좋겠다고 선생님이 이야기했다는 것이다. 아내는 나더러 아들과 대화해보길 바랐다.

그날 퇴근하고 집에 와서 아들 방을 노크했다.

"아들, 잘 지내지? 학교 생활은 좀 어때?"

"몰라. 그냥 그래."

"친한 친구들은 좀 있어?"

"몰라. 왜 물어보는데? 지금 게임을 해야 하니깐 얼른 나가줘."

더 잡고 늘어지면 안 하느니만 못하다는 걸 경험적으로 알기에 얼른 방에서 나왔다. 상담실에서 만난 남학생의 어머니가 떠오르면서 고개를 절레절레 저었다.

순간, 방문이 덜컥 열리더니 아들이 뛰쳐나갔다.

"어디 가?"

"친구들이 공원에서 축구 하재!"

멀어지는 아들의 뒤통수를 바라보며 나도 모르게 미소가 절로 나왔다.

사춘기가 중요한 이유

오래 근무했던 청소년비행예방센터는 초기 비행 단계의 비행 청소년이 교육과 상담을 받는 기관이다. 일반 학교뿐 아니라 검찰과 법원에서 법적인 처벌을 받아야 하는 청소년까지, 그 스펙트럼이 넓다.

교육은 5일간 이루어지는데, 나는 학교의 담임교사처럼 기본 출석부터 상담, 교육까지 일거수일투족을 지켜본다. 중학교 1학년부터 고등학교 1학년이 가장 많은데, 통상 우리가 사춘기라고 부르는 시기다.

학교에서는 출석 불량, 교권 침해, 학교폭력 등과 관련해서 의뢰하지만, 검찰이나 법원 같은 경우는 절도, 폭력, 도로교통법 위반 등 실제 법을 위반한 학생을 의뢰한다. 만약 이 과정을 제대로 이수하지 못하면 고등학생은 퇴학당할 수 있고, 검찰이나 법원에선 더 강력한 처벌을 가할 수도 있다.

또래들 사이에서 영향력을 미치는 아이들이라 첫 만남부터 강렬한 기 싸움이 시작된다. 조금이라도 빈틈을 보이면 기가 막히게 그 틈을 파고든다.

교육과 동시에 개별 상담이 이루어진다. 아이들의 이야기를 듣다 보면 결정적 시기를 깨닫는다. 그저 남들처럼 평범한 학생이었다가 비행 청소년이 되는 이유는 분명히 있었다.

그중에서 가장 큰 비중을 차지하는 것이 가정과 친구 문제였다. 부모와의 극심한 갈등이나 무관심, 친구의 괴롭힘, 왕따, 불량 교우 등과의 교제 등이 사춘기와 만나 폭발한 것이다.

상담을 진행하면서 많이 안타까웠다. 그 시기에 적절하게 개입만 했다면 이런 극단적인 상황까지 가지 않았을 텐데 말이다. 5일 만의 교육으로도 아이들이 많이 깨닫고 변화하는 모습을 보면 아쉬운 생각이 든다.

교육 첫날에는 강당에서 오리엔테이션을 진행하는데, 이때는 가능하면 보호자도 함께 참석하게 한다. 아이들이 오리엔테이션을 마치고 교육장으로 이동하면, 부모는 강당에 남아 부모 교육을 받는다. 부모는 '방임형', '회피형', '분노형', '몰라형'으로 크게 나뉜다.

'방임형' 부모는, "애가 저러다 말겠죠. 크게 잘못한 것도 아닌데. 아이들이 지내다 보면 다투기도 하고 싸우기도 하면서 크는 것 아니겠어요? 전 아이를 믿어요"라고 반응한다.

'회피형' 부모는, "우리 애가 절대 그럴 리 없어요. 분명 옆에서 부추기는 친구 때문일 거예요. 얼마나 착하고 모범적인 아이인데요"라며 무작정 아이 편을 든다.

'분노형' 부모는, "정말 애 때문에 미치겠어요. 어떨 땐 눈앞에서 사라졌으면 좋겠단 생각이 들어요. 행동 하나하나가 얼마나 마음에 안 들고 미운지. 자식이 아니라 원수예요"라며 화를 낸다.

'몰라형' 부모는, "내 배 아파서 낳은 아이인데도 정말 모르겠어요. 어떻게 대해야 하죠? 전 저 나이에 안 그랬는데요"라며 나 몰라라 한다.

가장 먼저 하는 작업은 자녀에 대해 얼마나 알고 있는지 파악하는 것이다. 심리검사와 개별 면담을 통해 확인해보면, 부모 대부분이 아이의 상태를 잘 모르고 있었다. 심지어 사춘기를 심하게 겪어도 대수롭지 않게 여기기도 했다.

부모의 접근 방식도 지나치게 간섭하거나, 분노만 표출하거나, 아예 나 몰라라 하는 경우도 많았다. 자녀가 어떤 상태인지도 제대로 모르고 접근 방식까지 적절하지 않으니 문제행동으로 이어질 수밖에 없었다.

그러므로 부모 교육을 할 때는 사춘기의 문제행동은 절대 간과해서는 안 되고, 이 시기를 잘 보내지 못하면 나중에 성인이 되어서 더 큰 비행을 저지를 수도 있음을 사례를 통해 일깨운다. 더불어 자녀와의 소통하는 방법을 연습하는 시간도 갖는다. 그래도 해결되기 어려운 상황에는 1박 2일간 가족 캠프에서 밀도 있는 솔루션의 시간을 가졌다.

교육을 마친 후에는 사후 지도라고 해서 일상에 잘 적응하는지 확인하는 절차를 갖는데, 비행 행동을 단절하고 건전한 생활로 돌아간 경우도 있지만 안타깝게도 그렇지 못한 경우도 있었다.

긍정적으로 변화하는 경우에는 아이뿐 아니라 부모도 노력하고 변했기 때문이다. 자녀의 상태를 정확히 인지하고 교육에서 배운 대로 적극적으로 개입하려고 노력하여 제자리로 돌아갈 수 있었다.

사춘기는 누구나 겪는 과정이지만, 어떻게 보내느냐에 따라 성인이 되어서까지 영향을 미친다. 그 결정적 순간을 잘못 보내고 나중에 후회해도 소용없다.

3장

사춘기 극복의 노력

아들의 가출, 해답은 축구 경기

"아빠, 일어나. 이제 시작이란 말이야. 정신 차려야지."

눈을 떠보니, TV 화면에서는 해외 축구 친선 경기로 시끌벅적했다. 졸린 눈을 비비고 아들 옆에 앉았다. 그때부터 아들은 축구 해설을 시작했다. 이번에 새로 나온 선수는 누구이며, 전에 어느 곳에서 뛰었고, 어떤 능력이 있는지까지 줄줄 읊었다. 손흥민 선수 때문에 토트넘 정도만 아는 나와 달리, 아들은 다른 축구팀 선수까지 모두 꿰차고 있었다.

언뜻 시계를 쳐다보니 새벽 3시가 넘었다. 중간에 꾸벅꾸벅 졸다가 아들의 불호령을 듣기도 했지만, 어느새 경기에 빠져 고함과 탄성을 지르며 적막이 흐르는 어두운 밤을 환하게 밝혔다.

이번에 여름휴가를 떠나기 전에 아들과 친선 경기를 보기로 약속했다. 여행 중에도 이동하는 차 안에서건, 휴양지에서건, 숙소에서건 우리는 끊임없이 축구 이야기를 나누었다. 밖에만 나가면 툴툴거렸던 아이가 어릴 때나 보여주었던 환한 미소로 한껏 여행 분위기를 냈다. 오래간만에 가족 모두 휴가다운 휴가를 보냈다.

불과 얼마 전, 큰 위기를 겪었다. 회사에서 야근하던 중 아내와 통화하는데 목소리가 심상치 않았다. 무슨 일이 있냐고 물었더니 아들이 집을 나갔다고 했다. 망치로 뒤통수를 맞은 듯 정신이 없었다. 이유인즉슨 학원 숙제를 제대로 하지 않아서 잔소리했더니 적반하장으로 대들었다고 했다. 둘 사이에 큰소리가 오갔고, 아들은 가방을 챙겨 그대로 밖으로 나갔다. 학원에서도 오지 않았다는 연락이 왔다.

밤 9시가 다 된 시간이었다. 급하게 집으로 향했다. 지하철에서 별의별 생각이 들어 몹시 불안했다. 이런 적이 없었기에 더욱 당혹스러웠다. 평소에 활발하게 돌아다니는 아이였다면 모르지만, 집돌이라 마땅히 갈 곳도 떠오르지 않았다.

집에 도착해서 아들에게 연락했다. 시곗바늘은 10시를 지나고 있었다. 입이 바싹 말랐다. 몇 번을 연달아 했지만 받지 않았다. 그러다가 아들에게서 문자가 왔다. 지금 안양천에 있으니 조금만 더 있다가 간다고 했다. 전화는 받으라고 답문을 보내고 다시 연락했더니, 수화기 너머로 심드렁한 목소리가 들렸다. 그래도 다행이었다. 지금 갈 테니 기다리라고 했다. 옷도 갈아입지 못한 채 그대로 내달렸다.

저 멀리 가방을 멘 채 땅을 쳐다보고 있는 아들이 보였다. 눈이 마주치자, 나는 아무 말도 하지 않고 안아주었다. 가기 전엔 크게 혼을 낼까도 생각했지만, 막상 아이가 눈에 보이니 안전하게 있는 것만으로도 감사했다.

아이의 검은색 상의에 하얀 얼룩이 보였다. 밖에 있는 동안 무얼 했는지 물었더니, 아이는 계속 걸었다고 했다. 오후부터 밤까지 걸으며 흘린 땀이 말라붙어 하얀 얼룩으로 남은 것이었다. 걸었더니 생각이 정리되고 좋았다는 말에 마음이 짠했다. 얼마나 답답했으면 그랬을까. 공부하라고 계속 밀어붙이기만 했던 게 미안했다.

저녁도 먹지 못했다고 배가 고프다고 해서, 편의점에 들러 컵라면과 음료수를 샀다. 집에 들어와 늦은 저녁을 챙겨주었다. 아내는 아직 화가 덜 풀린 듯 보였지만, 눈동자에는 걱정이 한가득 서려 있었다. 아내와 잠시 안방에서 이야기를 나누었다. 아이의 돌발 행동을 가볍게 넘길 상황이 아니라는 판단이 들었다. 공부가 중요한 것이 아니라 마음을 보듬어주는 것이 우선이었다. 아내도 같은 생각이었다.

그런데 막상 어떻게 해야 할지, 머릿속에 하얀 장막이 드리웠다. 아이와 소통할 요량으로 함께 게임도 해보고 산에도 가보았지만, 그리 오래가지 못했다. 그때 갑자기 떠오른 것이 바로 축구였다. 아들은 요즘 들어 축구 관련 유튜브 영상도 챙겨 보고 부쩍 관심을 드러냈다. 이리저리 눈치를 살피다 불쑥 말을 꺼냈다.

"이번에 토트넘 보니깐 신입 선수들을 많이 영입했던데, 어떤 선수들인지 좀 알아?"
"아빠는 그것도 몰라? 우선 비카리오라고 이탈리아 국대 골키퍼인데, 선방 능력이 끝내줘. 그리고 메디슨은 레스터시티 출신인데 창의력이 엄청나. 에릭슨 이후 꼭 필요한 포지션인데 정말 기대돼."

끝도 없이 이어지는 선수 평에 언제 이렇게 알게 되었는지 그저 놀라울 따름이었다. 바로 이거라는 확신이 들었다. 그때부터 나도 인터넷으로 열심히 축구 정보를 습득하기 시작했다. 특히 아들이 좋아하는 프리미어리그를 집중하여 공부했다. 축구란 공통점이 생기니 멀어졌던 둘 사이가 금세 가까워졌다. 아들은 내가 있는 안방까지 찾아와 축구 이야기를 꺼냈고, 시간 가는 줄 모르고 이야기를 나누었다.

아내 역시 공부에 관한 스트레스를 덜 주려 노력했다. 학원에 부탁해서 과제도 줄이고, 늦게까지 남아서 공부하는 시간도 조정했다. 말 한마디도 따뜻하게 건네려 노력했다. 아내의 노력이 빛을 발했는지, 아들이 먼저 진심으로 사과했다.

소통은 그리 어려운 것이 아니었다. 아이가 좋아하는 것에 귀를 기울이고 따뜻한 마음으로 바라봐주는 것만으로도 가능한 일이었다. 이 시기에는 부모가 자신을 이해한다고 생각하면 아이가 먼저 대화를 걸어온다. 그래서 이해와 존중이 중요하다. 그저 교과서적인 답이라 생각했건만, 실제 실천해보니 그 효과가 상상 이상이었다.

아들은 지난번 안양천에서 걸었던 것이 좋았는지, 주말에 꾸준히 걷겠다고 했다. 나도 평소에 걷는 것을 좋아하기에 함께 걸어도 되냐고 물었더니 좋다고 했다. 그래서 2주 전부터 함께 걷기 시작했다. 걷는 와중에는 핸드폰에서 벗어나 오롯이 대화에 집중할 수 있었다. 축구 이야기뿐 아니라 고민도 자연스레 이야기하게 되었다. 나 역시 아들의 시기를 지나왔기에 경험을 들려주었다. 꼬박 1시간을 걷고 나면 1만 보가 훌쩍 넘었다. 건강도 챙기고 아들과 대화도 하니, 일거양득이었다.

요즘 부쩍 짓궂은 아들 모습 보는 재미가 쏠쏠하다. 사춘기에 진입해서는 늘 얼굴이 흐렸는데, 어릴 때처럼 장난도 잘 치고 표정도 훨씬 밝아졌다. 살얼음 위를 걷듯 불안했던 집안 분위기도 평온해졌다.

물론 지금처럼 좋은 날만 있는 건 아닐 테고, 흐린 날도 찾아올 것이다. 하지만 전처럼 감정적으로 날 세우지 않고 차분히 대화로 풀어가려고 한다. 그러면 흐린 하늘은 금세 맑은 하늘로 바뀌어 걷기 좋은 날이 될 것이다.

아빠의 퇴근만 기다리는 이유

"아빠, 빨리 와. 한판 하자."

퇴근하자마자 아들이 다급히 불렀다. 간단히 씻고 나오니 아들은 거실에 게임기를 세팅해놓고 기다리고 있었다. 이때부터 계급장 떼고 처절한 승부를 펼친다. 혹여나 실수라도 하면 놓치지 않고 집요하게 공략한다. 고도의 심리전이다.

비록 아들과의 승부지만, 나는 최선을 다한다. 어떻게든 이겨보려고 애를 쓰지만, 늘 게임기를 붙들고 사는 아들에게는 도저히 이겨낼 도리가 없다. 연이은 패배로 분한 마음을 이기지 못하는데, 아들이 이렇게 말한다.

"아빠, 운동하러 가자."

그리고 방으로 나를 끌고 갔다. 얼마 전, 갑자기 몸을 키우겠다며 턱걸이를 하고 싶다고 했다. 밖에서 운동하기 쉽지 않으니 집에서도 할 수 있는 실내용 철봉을 사서 아들 방에서 세탁실로 이어지는 문틀에 설치했다. 제법 튼튼하고 높이도 적당해서 대만족이었다.

아들이 먼저 한다고 해서 뒤에서 허리를 잡아주었다. 끙끙대며 온 힘을 다한다. 오르기 편하게 힘을 보태고 "하나, 둘" 구호도 넣어준다. 아들이 마치면 이젠 내가 할 차례다. 아들보다도 훨씬 큰 소리로 낑낑댄다. 그래도 예전엔 10개 정도는 가뿐하게 했는데, 살도 찌고 나이도 먹으니 하나도 하기가 버거웠다. 그래도 아들 앞에서 자존심을 지키기 위해 젖 먹은 힘까지 쥐어짠다. 이렇게 3세트를 마치면 둘 다 침대에 쓰러져 뻐근한 몸을 돌본다.

운동까지 마치고 안방으로 돌아오면 이미 1시간이 훌쩍 지난다. 그래도 피곤하기보다는 아들과 무언가를 함께 했다는 마음에 뿌듯하다. 그제야 침대에 누워 휴대전화를 뒤적거리며 잠시 쉰다.

불과 두 달 전만 해도 우리는 대치 상태였다. 아들이 사춘기 구간에 진입한 뒤로는 말도 잘 듣지 않고 게임만 했던 것이다. 그 모습을 보고 몇 마디 했더니 발끈하길래 크게 혼을 냈고, 아이는 내가 나타나면 피하기 바빴다. 다시 잘해보려고 다가갔는데도 밀어만 냈다.

속도 상하고 어떻게 하면 관계를 개선할 수 있을까 고민을 거듭하다가, 문득 게임기가 떠올랐다. 좋아하는 것을 같이 하면 변화가 일어날 것 같았다. 눈물을 머금고, 그동안 모았던 비상금을 모두 털었다. 아들도 용돈을 보태서 최신 버전의 게임기를 샀다. 연간 이용할 수 있는 정액제에도 가입했다.

일주일간의 기다림 끝에 드디어 게임기가 도착했다. 함께 설치한 후 아들이 가장 좋아하는 축구 게임을 해보았다. 그런데 어찌나 재밌던지. 예전 생각도 나고 아들도 기뻐하니, 나도 덩달아 신이 났다. 나중에는 내가 좀 더 하고 싶다고 조를 정도였다.

그전까지는 한발 물러나서 잔소리만 하기 바빴는데, 아예 그 속으로 들어가 함께하니 사이도 좋아지고 아들을 좀 더 이해하는 계기가 되었다. 그런 관계가 이어져 함께 운동도 하고, 주말엔 넷플릭스 영화도 보면서 시간을 보낸다. 대화 시간도 전보다 부쩍 늘었다.

전에는 집에 오면 가족들과 잠시 이야기 나누다가 방에 들어가 쉬기 바빴다. 몸도 피곤했고, 특별히 함께 할 일도 없었다. 특히 사춘기에 진입한 아들은 굳게 닫힌 방 안에서 나올 줄 몰랐다. 나도 별다른 노력 없이 그대로 버려뒀다.

아이가 취향이 생기고 본인만의 세계를 만들어가는 모습에 거리를 두어야 한다고 생각했는지도 모르겠다. 나도 사춘기가 시작되면서 부모님에게 조금씩 거리 두기를 시작했다. 수시로 가족들에게 부정적인 감정이 들었고, 그런 내 모습이 불편했는지 잦은 갈등 끝에 관계가 달라졌다. 나를 어리게만 보지 않고 조금은 인정을 해주는 것이 좋으면서도, 한편으로는 멀어진 듯한 느낌을 지울 수 없었다. 특히 아버지와는 더욱 데면데면해서, 다시 편하게 이야기하기 시작한 것은 결혼할 때가 다 되어서였다. 물론 자연스러운 과정이겠지만, 좀 더 소통하는 시간을 가졌더라면 덜 멀어지지 않았을까 하는 생각이 들었다.

그래서 고민이 되었다. 사춘기 아들과 잘 지내보려고 이것저것 시도하는 대신 차라리 그냥 두는 것이 나을까, 아니면 지금처럼 계속 노력하는 편이 좋을까? 관계가 전보다 훨씬 나아진 것을 보면 후자가 맞을 것 같은데, 이러다가 아들의 성장을 막는 것은 아닌지 걱정스럽다.

코로나 이후 아이들이 집에 있는 시간이 늘었다. 예전 같으면 친구들과 밖에 나가서 신나게 놀기도 했을 텐데, 상황이 이러니 집에 갇혀 휴대전화만 쳐다보고 있다. 그럴 때 나라도 함께 놀아주는 것이 낫지 않을까 합리화도 해본다.

지난번에는 게임을 마치고 잠시 쉴 때 슬쩍 물어보았다.

"아들, 아빠랑 노는 것 괜찮아?"

"몰라. 그건 왜 물어?"

"그냥, 궁금해서. 그래서 어떤데?"

"음, 좋아."

아이는 그렇게 답하고는 슬그머니 방으로 사라졌다. 그 말이 뭐라고 뭉클했다. 마음속에 조그만 꽃씨가 활짝 피었다. 아들도 괜찮다고 하고 나도 함께해서 좋으니, 일단 가던 길을 그대로 가보기로 했다.

한 가지 다짐했다. 최대한 아들의 의견을 존중하고, 언제든 떠나고 싶어 하면 쿨하게 보내주기. 친구들이 좋아서, 혹은 하고 싶은 일이 생겨서 함께하는 시간이 줄어도 서운해 말고 적극적으로 응원하기로 했다.

나는 아이에게 삶의 중요한 멘토가 되어주고 싶다. 힘들 땐 언제든 찾아와 도움을 청하고, 함께 고민하고 해결점을 찾아가는 성숙한 관계 말이다. 그러려면 꾸준히 좋은 사이를 유지해야 한다.

이번 주말에는 아들이 전부터 보고 싶다는 영화를 예매했다. 극장에서 영화를 본 지는 정말 오래되었지만, 아들을 위해 과감하게 용기를 냈다. 아마도 중학생들 숲에서 유일한 중년 아저씨가 될 것 같다.

예매 사진을 문자로 보내주니, 웬일인지 이모티콘도 넣어 답했다. 한참 미소가 가시질 않았다. 아들은 평소 감정 표현이 인색한데, 정말 좋았나 보다. 그나저나 아들 덕분에 오래간만에 추억에 흠뻑 젖을 것 같다.

학원을 끊은 지 한 달, 놀라운 변화

퇴근하고 집에 돌아오니 아들이 방문을 열고 나왔다. 머리엔 까치집을 이고 눈이 풀려 발갛게 충혈되었다. 평소 같으면 인사만 하고 방으로 사라졌을 텐데, 웬일인지 내 옆에 붙어 조잘대기 시작했다.

"아빠, 어제 김민재 경기 봤는데, 엄청났어."
"그거 새벽에 한 경기잖아. 봤어?"
"응."
"피곤하겠다."
"조금. 그래도 보길 잘했어."

나는 씻지도 못한 채 아들에게 붙잡혀 오래도록 축구 이야기를 들어야 했다. 간신히 탈출해서 샤워하면서, 몸은 피곤했지만 입가에 띤 미소는 가시질 않았다.

아들이 변했다. 아니, 정확히 말하면 변하는 중이다. 늘 잔뜩 흐린 얼굴로 사소한 일에도 짜증을 부리더니, 요즘은 이상하리만큼 실실 웃고 다닌다. 물론 변덕이 죽 끓듯 하기에 긴장을 놓쳐서는 안 되지만 말이다.

모든 일에는 이유가 있다. 영화나 드라마 속 악인도 처음부터 그랬던 것은 아니다. 믿었던 사람에게 배신당하고 사기를 당해 재산을 탕진하거나 소중한 사람을 잃는 등 중요한 전환점이 있다. 그렇다면 아들에게는 어떤 계기가 있었을까?

합리적인 의심이 드는 사건이 있었다. 바로 학원이었다. 월요일부터 토요일까지 주중엔 밤 10시가 다 되어 끝났고, 주말에도 아침부터 저녁까지 일정이 꽉 차 있었다. 스트레스가 많다는 것은 진즉 알고 있었지만, 그놈의 불안이 발목을 잡았다. 말로는 아이가 힘드니깐 쉬게 하면 좋겠다고 하면서도, 속으로는 남들 다 한다는데 안 하면 우리 애만 뒤처지는 것은 아닐까 싶었다.

그러다 더는 이러면 안 되겠다는 생각이 들었다. 한 달 전쯤 아들에게 면담 요청을 했다. 아들은 혹시라도 잔소리할까 경계의 눈빛으로 나를 바라보았다. 하지만 학원을 그만두고 싶으면 언제든 이야기하라는 뜻밖의 말에 아들은 당황한 듯 보였다. 그러더니 이내 생각해보겠다고 했다.

엄마에게 이야기하기 힘들면 대신 말해주겠다고까지 했다. 본인이 알아서 하겠다고는 했지만 미덥지 않았다. 평소 아들은 본인 속마음을 드러내는 데 서툴렀다. 더구나 공부에 관한 기대가 큰 아내에게 쉽사리 말하기 어려울 것이다.

얼마 뒤, 아내가 의외의 이야기를 꺼냈다. 아들이 수학 학원을 제외한 나머지는 모두 끊고 싶다고 말했다는 것이다. 어떻게 하면 좋겠냐고 묻길래, 아들 뜻대로 하자고 답했다. 아내와 나 모두 불안한 마음을 감출 수 없었지만, 일단 가보기로 했다.

그때부터 아들은 제대로 놀기 시작했다. 학교를 끝나고 집에 오면 방에서 실컷 게임하고 새벽에 열리는 유럽 축구 경기도 보았다. 낮과 밤이 수시로 바뀌었다. 어떤 날은 날밤을 홀딱 새우기도 했다. 저러다가 아침에 못 일어나는 것은 아닌가 걱정했지만, 다행히 학교는 잘 갔다.

가장 먼저 변한 것이 표정이었다. 학원 끝나고 밤늦게 돌아오면 잔뜩 화난 모습으로 짜증 내기 일쑤였는데, 웃는 얼굴이 돌아왔다. 무얼 물어도 단답형으로 답하더니 이제는 수다쟁이가 되어 이야기도 잘했다. 그러다 보니 집안 분위기가 훨씬 부드러워졌다.

그뿐만이 아니었다. 아내 말로는 여유가 생겨서인지, 일주일에 두 번만 가는 수학 학원도 알아서 일찍 가고 수업 태도도 훨씬 좋아졌다고 한다. 게임과 영상 보는 데도 질렸는지, 운동을 배우고 싶다고 해서 친구와 탁구를 시작했다. 밖에 나가기를 극도로 꺼리더니 알아서 움직이겠다고 해서 기뻤다.

일요일 저녁에는 아들과 둘이 걷기로 약속했다. 특별한 일이 없으면 계속 지키고 있다. 지난주에도 시원한 가을바람을 맞으며 천변을 돌았다. 비밀이 있다며 친구의 연애 사실도 이야기해주고, 내성적인 성격에 관한 고민도 털어놓았다. 나는 들으며 맞장구도 쳐주고, 때에 따라선 조언도 해주었다. 그러다 불쑥 물었다.

"아들, 학원 그만두니깐 좋아?"

"그럼, 좋지. 하고 싶은 것도 실컷 하고."

"다행이네. 그런데 운동은 왜 시작한 거야?"

"집에만 있으니깐 체력이 많이 약해졌더라고. 아빠가 전에 운동하면 좋다는 말도 생각나서. 솔직히 운동하니깐 스트레스도 팍팍 풀리네."

아들의 미소를 보며 이제야 마음의 여유가 생겼음을 느낄 수 있었다. 그러게, 이렇게 좋은 걸 전에는 왜 몰랐을까. 이제 겨우 중학생이었다. 앞으로 아들이 가야 할 길은 멀고도 길었다. 2보 전진을 위한 1보 후퇴라고, 지금의 휴식이 자양분이 되어 나중에 큰 힘이 돼주리라 믿는다.

나 역시도 조급한 마음을 덜어내고 기다려보련다. 원 없이 놀고 돌아온 아들이 언젠가 자리를 찾길 기대하면서.

짜증 보이, 이곳에선 딴사람

코로나19 확산으로 어디든 마음대로 갈 수 없을 때였다. 사춘기에 진입한 아들은 밖에 나가는 걸 극도로 꺼렸다. 학교와 학원 외에는 내내 방에 틀어박혀 본인만의 세상에 빠져들었다. 가끔 밖에 나가서 바람이라도 쐬면 좋으련만.

주말에 동네 산책하러 가자고 물으면, "귀찮아. 그냥 나는 집에 있을게"라거나 "코로나라는데 어딜 가. 됐어. 왜 자꾸 나가자고 해? 짜증 나게" 하고 튕겨내기 일쑤였다. 종일 성냥갑처럼 좁은 공간에 갇혀 답답하지는 않을까 걱정되었지만, 아들은 꿈쩍도 안 했다. 눈에 띄게 화가 늘었고, 스트레스가 가득 차 살짝만 건드려도 터질 듯 보였다. 억지로 끌고 갈 수도 없었다.

그래서 처음 외가에 가자고 했을 때 안 간다고 하면 어쩌나 걱정했다. 웬일로 알겠다고 했다. 외가 주변에 아무도 없다는 점이 크게 작용한 듯했다. 2년 전 문경으로 이사한 처가는 주변에 인가가 없는 조용한 숲속 마을에 자리하고 있었다.

서울에서 차로 운전해서 3시간 남짓 걸렸다. 가는 내내 주변에 초록의 숲과 나무가 끝도 없이 이어졌다. 슬쩍 쳐다본 아들의 얼굴에 생기가 돌았다. 구불구불 산길을 한참 더 가서야 드디어 처가에 도착했다.

"와, 정말 좋다."

아들의 말에 나도 모르게 절로 눈이 갔다. 울창한 숲 한가운데서 그림 같은 풍경을 바라보며 입을 다물지 못했다. 아들이 유튜브나 게임 외에 저렇게 집중하는 것을 본 적이 없었다. 어깨의 무거운 짐을 내려놓은 듯 한결 편안한 모습으로 오래도록 그곳에 머물렀다.

집 앞에서 또순이란 강아지가 꼬리를 흔들며 우리를 반겼다. 아이들은 반가운 친구를 만난 듯 또순이를 쓰다듬었다. 집은 황토를 발라 지었다고 했다. 안도 무척 넓고 쾌적했다. 내가 오래전부터 꿈꿔온 집이었다.

저녁 무렵이 다 되어 장모님은 식사 준비로 여념이 없었다. 문경에서 유명하다는 약돌돼지와 직접 앞마당에서 가꾼 채소로 상을 차리셨다. 마을 사람들이 나눠줬다는 나물과 더

덕까지, 밖도 안도 모두 초록의 물결이 흘렀다. 나도 음식을 나르면서 상차림을 도왔다. 그런데 좀 전까지 배고프다며 징징대던 아이들이 보이지 않았다.

방에 틀어박혀 게임이나 하는 것은 아닌지 가보았더니, 밖에서 시끌벅적한 소리가 들렸다. 아이들이 강아지와 함께 뛰어놀고 있는 것이 아닌가? 특히 아들이 열심히 강아지 꽁무니를 쫓고 있었다. 잘못 본 것은 아닌지 내 눈을 비볐다. 초등학교 저학년 이후로 오래도록 보지 못했던 생기 넘치는 모습이었다.

밥 먹으라고 몇 번이고 재촉한 후에야 땀에 흠뻑 젖은 채 돌아왔다. 헉헉거리는 숨을 참으면서 밥은 또 어찌나 잘 먹던지, 그저 바라만 봐도 배가 불렀다. 순식간에 한 그릇 비우고, 외할머니에게 더 달라며 밥그릇을 내밀었다. 기분도 좋은지 묻는 말에 답도 잘하고, 좋은 분위기에 열 숟가락을 더했다.

아이는 동생이 산책하러 가자고 하자 빛과 같은 속도로 얼른 자리에서 일어났다. 나도 운동할 겸 상을 치우고 나가보니 아이들은 벌써 사라지고 없었다. 아마도 강아지를 데리고 산책로로 갔나 보다. 서울에 있을 땐 나가자고 해도 싫다더니, 180도 다른 아들의 모습이 낯설었다.

그 후 아들은 문경에만 다녀오면 며칠간 좋은 기분을 유지했다. 문제는 그 약발이 불과 며칠 정도라는 것이었다. 아들의 예민함이 극에 달할 땐 아내에게 문경으로 다시 가자며 농담 반 진담 반을 건넸다.

최근에 바람 쐬러 속초로 가려다가 아이들이 원해서 문경으로 목적지를 바꾸었다. 아들은 도착하자마자 '기분 나쁨' 가면을 벗고, '유쾌 가면'을 썼다. 이곳에 있으면 말다툼할 일도, 짜증 낼 일도 없이 모두 휴전 상태에 돌입한다. 그런 아들의 모습을 보며 전에 읽었던 논문이 떠올랐다.

런던 유니버시티 칼리지 런던(UCL)과 임페리얼 칼리지 과학자들이 "어린이와 청소년이 자연을 접할수록 인지가 발달하고 정서적 문제행동의 위험이 낮아진다"라는 연구 결과를 발표했다. 이 논문은 〈네이처 서스페티너빌리티 저널〉에도 실렸다. 2014년부터 5년간 영국 런던의 31개 학교에서 9~15세의 어린이와 청소년 3,568명을 대상으로 녹지 공간과 인지 발달, 정신건강 등과의 연관성을 조사했다. 연구에 따르면, 녹지 공간에 많이 접촉할수록 인지가 발달했다. 대조군과 6.83퍼센트라는 유의미한 차이가 있었다. 또한 2년 후에 정서 및 행동 문제를 겪을 위험도 대략 16퍼센트 낮게 나타났다. 재밌는 점은 주거지 및 학교와 먼 자연환경일수록 정신건강에 효과적이었다.

2018년, 스페인 폼페우파브라대학교 연구진은 7~10세의 253명을 대상으로 자연에 노출된 정도에 따른 두뇌 발달 구조를 살펴보았다. 그 결과, 녹지에 노출되면 두뇌의 회백질과 소뇌의 부피와 양에 영향을 미쳤다. 회백질은 인지 기능을 담당하는 부위이고, 소뇌는 운동기능과 언어, 주의력 등을 담당한다.

또 2017년 국제 학술지 〈사이언틱 리포트〉에 실린 논문에서는 숲과 같은 자연과 밀접한 생활이 편도체 활성에 영향을 미치는 것으로 나타났다. 편도체는 스트레스 처리와 위험 반응에 중요한 역할을 한다. 숲과 같은 녹지 공간이 스트레스에 더 잘 대처하는 힘을 준다는 의미였다.

나는 과학자가 아니기에 자연이 주는 효과를 측정해서 수치화할 순 없지만, 분명히 효과가 있음을 경험적으로 겪었다. 비단 자연이 주는 긍정적인 효과는 아이나 청소년에게만 국한되지 않았다.

나 또한 문경에 가면 긴장이 풀리고, 그간 쌓인 스트레스가 산 너머로 사라졌다. 나만의 공간도 마련해서, 창고에 있는 커다란 창을 통해 보면 한 점 명화처럼 아름다웠다. 그곳에 상을 펴고 풍경을 바라보며 책도 읽고 틈틈이 글도 썼다. 그 자체만으로 힐링이었다. 눈을 감고 바람에 팔랑거리는 나뭇잎 소리를 들으면 심장이 콩닥거릴 지경이었다.

며칠 전, 아내와 아이들과 여름휴가 계획을 세웠다. 아이들이 강력히 원해서 며칠은 문경에서 머무르기로 했다. 아들이 해맑게 웃는 모습이 상상되어 자연스레 미소가 지어졌다. 장모님을 자주 찾아뵙지 못하지만, 이렇게 아들이 숨 쉴 수 있는 공간이 있는 것이 감사했다. 최근에 장인어른이 돌아가신

후 혼자 계시는 장모님도 우리 가족이 오면 삶의 큰 활력을 얻었다.

문득, 아들도 자연과 가까이하고픈 마음이 가득한데 우리가 그런 환경을 만들어주지 못한 것은 아니었을까 싶은 생각이 들었다. 학교와 학원을 쳇바퀴 돌듯 오가며 제대로 휴식하지 못했다. 그러니 유튜브나 게임에서 허우적댔던 것은 아니었을까? 아이가 스트레스를 해소할 환경은 만들어주지 못하면서 겉으로 드러난 모습만 보고 나무랐던 건 아니었나 돌아보게 되었다.

지금이라도 그런 장을 만들어주어야겠다. 시간 날 때마다 아들이 좋아하는 문경에 가고, 사람이 붐비지 않는 한적한 캠프장이나 계곡에서 마음껏 뛰어놀 기회를 주어야겠다. 그런 시간이 차곡차곡 쌓이면 분명 힘든 이 시기를 잘 넘기고 밝게 웃으며 마주할 그날이 찾아올 것이다.

알고 보니 잘 노는 아이

"아들, 이제 갈 시간이야. 얼른 나와!"

해가 뉘엿뉘엿 넘어갈 때까지 아들은 바닷물에서 나올 줄 몰랐다. 몇 번을 불러도 답이 없길래 결국 포기하고 아내와 짐을 챙겨 숙소로 돌아왔다. 아들은 한참이 지난 후에야 물에 빠진 생쥐처럼 흠뻑 젖은 모습으로 우리 앞에 나타났다. 화장실 너머로 들려오는 샤워기 물소리를 들으며 아내와 말없이 미소를 지었다.

한 달 전쯤, 동네 형에게서 연락이 왔다. 아들의 초등학교 친구 학부모로, 아내들끼리 먼저 알게 된 후 아빠들도 친해져 형, 동생 하며 가깝게 지내는 사이이다. 형은 아는 지인을 통해 강원도 양양의 바닷가 앞에 펜션을 예약할 수 있으니 함께 가자고 했다.

아이들도 여름방학이라 딱 좋았다. 다만 사춘기에 허우적대는 아들이 문제였다. 일단 가족과 상의하고 답을 주기로 했다. 아내와 딸은 당장이라도 떠날 듯 기뻐했으나, 예상대로 아들은 시큰둥했다. 하지만 친구도 간다고 하니 금세 마음을 바꾸었다. 형에게 얼른 연락을 취했다.

여행을 가기로 한 전날, 아들의 친구는 우리 집에서 자기로 했다. 낮과 밤이 바뀌어 집에서는 도저히 아침 일찍 깨울 자신이 없다는 형의 말이 공감되었다. 아들도 방학을 맞이해서 밤늦도록 게임을 하느라 새벽까지 깨어 있던 때였다. 과연 둘이 일어날 수 있을까 걱정했는데, 밤새 거실에서 부스럭거리는 소리가 들리더니 아침에는 갈 준비를 다 해놓았다. 놀라서 물어보니, 못 일어날까 봐 밤을 새웠다고 했다. 맙소사.

아침 일찍 출발했건만 5시간이 넘게 걸려서 강원도 양양에 도착했다. 아들과 친구는 차 안에서 내내 잤다. 숙소는 정말 바닷가 바로 앞에 있었다. 늦은 점심을 먹고 수영복으로 갈아입고 해변으로 갔다. 딸은 한 살 언니인 아들 친구의 동생과 바람처럼 사라졌다. 아들은 주변을 돌아보아도 보이지 않았다. 알아서 하겠지 싶어 나도 바닷물에 몸을 담갔다. 보드라운 모래가 발바닥에 닿자 마음마저 평온해졌다. 그때였다. 저 멀리서 아들처럼 보이는 실루엣이 눈에 띄었다. 가까이 가보니 아들과 친구가 맞았다.

물속에서 서로 물장난에 씨름도 하고 어찌나 재밌게 놀던지. 순간 아들이 맞는지 내 눈을 의심했다. 평소 남처럼 데면데면하던 동생에게도 장난을 쳤다. 나는 수영하다가 힘이 들어 파라솔 아래서 휴식을 취했는데, 아들은 물에서 나올 줄 모르고 아이들과 물놀이에 여념이 없었다.

그뿐만이 아니었다. 예약한 패들보드와 서핑 강습도 불평 없이 받았고, 제트스키와 땅콩보트까지 타며 원 없이 놀았다. 바다에서 나와서는 친구와 모래놀이를 하며 쉴 틈 없이 놀았다. 표정은 또 얼마나 밝던지. 늘 찌뿌둥한 얼굴만 보다가 밝은 햇살 가득한 모습을 보니 낯설었다. 옆에서 신기한 듯 바라보는 아내에게 물었다.

"여보, 우리 아들이 저렇게 잘 노는 아이였어?"

"그러게, 저렇게 잘 놀 줄이야. 이런 모습 얼마 만에 보는 거야?"

저녁때가 되어도 물속에서 나올 줄 몰랐다. 결국 다음 날 일찍 출발하기로 한 계획도 취소하고 늦게까지 놀 수 있도록 했다.

여행 기간에 아들이 진심으로 노는 모습을 바라보며 깊은 사색에 잠겼다. 매일 방 안에만 갇혀 게임을 즐긴다고 생각했는데, 우리가 제대로 놀 수 있는 장은 만들어주지 못하고 잔소리만 늘어놓은 것은 아니었을까? 밤늦게까지 학원에 다니며

할 수 있는 놀이라고는 게임밖에 없었을 텐데.

며칠 전 회사 후배와 나눈 대화가 떠올라 마음 아팠다. 회사 후배는 이번에 우리 부서로 인사 발령받았다. 초등학교 때 캐나다로 유학을 갔다가 대학까지 나오고 한국으로 돌아왔다. 그래서 그곳의 학생들은 어떻게 지내는지 물었다. 중학교는 물론 고등학교 때까지도 오후 3~4시면 수업이 끝나서 친구들끼리 잔디밭에 둘러앉아 이야기하거나 스포츠를 즐긴다고 했다. 특별히 사교육도 없어서 늘 놀 궁리만 한다는 말이 신기했다.

그에 반해 어릴 때부터 학교와 학원을 오가며 제대로 놀 시간조차 없는 우리 아이들이 불쌍했다. 물론 캐나다와 우리나라의 교육 환경은 다르다. 굳이 대학에 갈 필요성을 못 느끼고, 직업교육을 받고 기술직에 종사하는 학생들이 많은 걸 봐도 그 차이를 알 수 있었다. 다만 대학을 선택하면 한국에서 공부하는 것 이상으로 열심히 한다는 말에 부러움을 느꼈던 것도 사실이다.

예전에 큰 인기를 얻었던 드라마 〈이상한 변호사 우영우〉 중에서 인상적인 에피소드가 있었다. '방구뽕'이란 인물이 학원 버스에 아이들을 태워 숲에서 마음껏 뛰어노는 시간을 가졌던 것이었다. 하지만 부모님 동의 없이 아이들을 데리고 가는 바람에 미성년자 납치 혐의로 검찰에 송치되어 재판을 받았다. 재판 과정을 통해 아이들이 어릴 때부터 놀 기회를 박탈당하고, 좁은 학원에 갇혀 고통받는 현실이 적나라하게 드러나 드라마를 보는 많은 사람의 마음을 착잡하게 만들었을 것이다.

그러니 아이들은 유일한 놀잇거리인 스마트폰 게임이나 영상에 의존할 수밖에 없다. 게다가 점점 자극적으로 흘러가는 콘텐츠에 무분별하게 노출되어 정신건강이 걱정된다. 그렇다고 무조건 막을 수도 없다. 어린이 해방총사령관 '방구뽕'이 한 말이 오래도록 남았다.

> "어린이는 지금 당장 놀아야 합니다. 나중에는 늦습니다. 대학에 간 후, 취업한 후, 결혼한 후에는 늦습니다. 불안이 가득한 삶 속에서 행복으로 가는 유일한 길을 찾기에는 너무 늦습니다."

나 역시 우리 아이가 어떻게 하면 잘 놀 수 있을지 궁리해야겠다. 영어 단어나 수학 문제 하나 덜 봐도 괜찮으니 다시는 돌아오지 않을 소중한 시기에 마음껏 놀며 즐거움을 마음에 새기도록 하는 것이 부모 된 나의 도리가 아닐까?

가족 독서 모임도 좋은 해답이다

"아빠, 나 이제 독서 모임 그만할래."

그 말을 듣는 순간 '쿵' 하는 소리가 마음속에 울려 퍼졌다. 일단 겉으론 티를 내지 않고 대화를 청했다. 아들의 요지는 이제 학원에 다니느라 바쁘고, 무엇보다 독서 모임에 흥미를 잃었다고 했다.

벌써 4년이 지났다. 아들 초등학교 5학년 때부터 가족 독서 모임을 시작했고, 이제 중학교 2학년이 되었다. 사춘기가 시작되며 익숙한 모든 걸 거부하더니, 결국엔 독서 모임마저 그만하겠다고 했다.

가족 독서 모임은 나의 로망이었다. 어릴 때부터 책을 좋아하는 문학 소년이었고, 나중에 결혼해서 아이가 태어나면 가족 안에 독서 문화를 꽃피우겠다는 꿈을 가졌다.

아내도 아들이 고학년이 되면서 동네에 친한 학부형들과 같이 아이들이 읽을 책을 가지고 독서 모임을 시작했다. 이때다 싶어 아내와 아이들을 불러 모아 가족 독서 모임을 제안했고, 모두 좋다고 했다.

거실에 있던 TV와 소파를 과감히 없애고, 인천 가구단지까지 가서 넓은 테이블을 구매했다. 모든 준비를 마치고 결혼기념일을 맞이해서 첫 독서 모임을 시작했다.

가족 독서 모임을 해나가는 과정은 쉽지 않았다. 아이들이 어렸기에 집중 시간이 짧아 가만히 자리에 앉아 있기도 힘들었다. 특히 아들은 늘 삐딱한 자세에 가장 소극적이었다. 책도 안 읽기 일쑤였다.

이렇게 힘든 걸 왜 하자고 했는지 후회막급이었지만, 돌이킬 순 없었다. 초기에 안착하는 데 어려웠지만 그래도 버틸 수 있었던 건 독서 모임 안에서 이루어지는 이야기 때문이었다.

아이가 커가면서 점점 함께 있을 시간이 부족해졌고, 일상적인 이야기만 할 뿐 깊은 대화를 나누기 어려웠다. 특히 아이들이 자라면서 공부하라는 잔소리만 늘었다.

하지만 독서 모임에서는 이야기가 무궁무진했다. 책이란 매개체를 가지고 삶과 죽음, 인생, 학교폭력, 여행, 가족 등등 다양한 이야기꽃을 피웠다. 처음엔 5분 남짓으로 짧았지만, 점차 아이들이 커가고 독서 모임이 구조화되면서 나중엔 50분에 다다랐다.

아들 또한 태도는 시큰둥했지만 모임에 한 번도 빠지지 않았고, 본인이 좋아하는 주제에는 적극적으로 의견을 표현했다. 때론 기발한 생각으로 모임에 생기를 불어넣기도 했다.

그런 아들이 그만한다고 하니 매우 슬펐다. 그래도 억지로 끌고 갈 순 없으니, 아들의 의견을 존중했다. 대신 다시 하고 싶을 땐 언제든 이야기하라고 했다.

아들 없이 처음으로 독서 모임을 하기로 한 전날, 갑자기 아들이 할 말이 있다고 찾아왔다. 그러더니 그냥 모임을 하겠다고 말했다. 속으론 뛸 듯이 기뻤지만 애써 표현하지 않았다. 다행히 아들이 합류한 완전체 독서 모임을 계속할 수 있었다.

얼마 전 고등학교에 입학한 뒤론 이제는 정말 시간이 없겠단 생각이 들었다. 아내도 아들이 학업에 집중하길 바랐다. 하지만 아들은 독서 모임을 하고 싶다는 의지를 밝혔고, 바쁜 중에도 시간을 쪼개서 주말에 독서 모임을 했다.

최근엔 아들이 《총균쇠》란 어려운 책을 읽고 싶다고 했다. 그동안 감히 도전하지 못했던 책인데, 아들 덕분에 도전해 보기로 마음먹었다. 앞으로 한 챕터씩 읽고 둘이 독서 모임을 할 예정이다.

자녀의 사춘기 때 꾸준히 대화를 유지하고 싶다면 가족 독서 모임이 하나의 해답이 될 수 있다.

엄마가 혼내면 아빠는 달래기

"너, 숙제 안 했지? 학원에서 연락 왔어. 주말 내내 시간도 많았으면서 맨날 핸드폰만 보고, 정말 그럴 거야?"

"내가 언제 맨날 핸드폰만 봤다고 그래? 나도 공부했어. 엄마는 맨날 그렇게 기분 나쁘게 말하더라. 내가 알아서 할 거야. 신경 쓰지 말라고. 아이, 짜증 나."

"뭐? 짜증 나? 네가 똑바로 하면 내가 이런 말을 하겠어? 자기 일은 하나도 안 하면서 어디서 짜증이야."

"나가! 내 방에서 나가라고!"

'또 시작이네.' 마음속에는 짜증과 분노가 교차했다. 아들의 사춘기가 극에 달했을 때 아내와 아들은 학업 문제로 가장 크게 부딪쳤다. 사춘기가 시작되기 전만 해도 아내 말을 가장 무서워하던 아들은 아내보다도 머리 하나가 훌쩍 크자 더는 수그리는 모습을 보이지 않았다.

심장 저 아래서 끓어오르는 분노를 더는 주체 못 하고 덥석 아들 방문을 열었다.

"신민수! 엄마한테 무슨 말버릇이야. 엄마가 네 친구냐? 당장 미안하다고 사과 안 해!"

"아빠는 갑자기 왜 참견인데? 알지도 못하면서 맨날 엄마 편이야."

"모르긴 뭘 몰라. 네가 또 할 일을 안 했겠지!"

"내가 했다고 어차피 믿을 것도 아니잖아. 그래, 다 내 잘못이야. 알았으니까 제발 다 나가줘. 혼자 있고 싶어. 나가! 나가라고!"

"뭐라고? 이 녀석이 버릇없이!"

결국 우주 대폭발이 일어나고 만다. 좀 더 있다간 물리적 충돌이 일어날 것 같아 방을 나오면 꽥꽥거리는 아들의 고함과 옆에서 펑펑 우는 아내 사이에서 "여기는 어디요, 나는 누구요?"가 절로 나왔다.

사춘기 아들을 둔 아빠 대부분은 이런 상황을 맞닥뜨렸을 것이다. 예전 사무실에서 아들과 같은 또래의 자녀를 둔 여직원과 이야기를 나눴는데, 비슷한 상황에 남편이 힘으로 제지

하려다가 몸싸움까지 나서 난리가 난 적이 있다는 말에 몹시 공감했던 기억이 난다.

하지만 이런 접근은 상황을 악화시킬 뿐 전혀 도움이 되지 않는다. 최근에 종영한 드라마 〈정신병동에도 아침이 와요〉에서는 공황장애를 겪고 있는 주인공이 본인의 상태를 주변에 이야기하지 못하고 혼자 끙끙대자, 지인인 정신과 의사가 증상이 심각할 때는 숨 쉴 구멍을 많이 만들어두라는 조언을 해준다.

'숨 쉴 구멍'은 사춘기 자녀에게는 매우 중요하다. 가뜩이나 세상에 나 혼자인 것 같고 두렵고 불안한 상황에, 그나마 믿을 만한 존재인 엄마와 아빠가 모두 나에게 등을 돌린다고 생각하면 그보다 외롭고 힘든 일이 없을 것이다.

발달심리학자로 유명한 에릭슨은 영아기부터 노년기까지 8가지 심리 사회적 발달 단계가 있다고 했는데, 그중 청소년기는 정체성 대혼돈의 시기라고 한다. 내가 누구인지, 사회에서 어떤 역할을 할 수 있는지에 대한 개념을 형성하면 건강한 정체성이 만들어지지만, 이를 해내지 못하면 혼돈의 심리 상태에 빠져서 모든 것을 부정하거나 정서적으로 큰 괴로움을 겪는다.

사춘기에 갈등을 피할 순 없지만 건강한 정체성을 형성하기 위해선 정서적 지지가 무엇보다 중요했다. 그걸 뒤늦게 깨닫곤 비슷한 상황에 다르게 접근해보았다.

"아빠야, 잠깐 문 좀 열어줄래?"
"왜? 싫어. 또 혼내려는 거지? 아무 말도 하고 싶지 않아."
"혼내려는 게 아니라, 네가 지금 얼마나 화나고 짜증이 날지 아니깐 이야기를 들어주려는 거지. 잠깐이면 돼."

문이 열리면, 씩씩대는 아들과 조금 거리를 두고 옆에 앉는다. 그리고 아들이 먼저 말을 꺼낼 때까지 잠시 기다린다.

"엄마는 왜 나를 못 믿는 거야? 공부하다가 잠깐 쉰 건데 맨날 핸드폰만 본다고 뭐라 하고."
"그러게. 공부하다가 잠깐 쉴 수도 있는데, 나라도 짜증이 나겠다."
"나도 할 땐 한다고. 날 좀 내버려두면 안 돼?"
"그래, 아빠도 믿지. 아까도 보니깐 열심히 하더만."

아들의 눈빛에서 나오는 레이저의 강도가 낮아짐을 느낀다.

"그런데 민수도 알지? 엄마가 민수 잘되라고 그러는 거잖아. 아까 보니깐 엄마도 그렇지만 민수도 너무 심하게 화를 내더라고. 엄마랑 싸우면 결국 민수가 손해잖아. 아빠는 민수가 먼저 사과하면 좋겠네."

"몰라. 내가 알아서 할게."

"그래. 아빠는 늘 민수 편이야. 알아서 잘하리라 믿어."

그러고 나면 당장은 아니더라도 아들은 아내에게 사과하며 풀었다. 나는 뒤에서 그 모습을 지켜보며 흐뭇한 미소를 지었다. 여기에도 하나의 원칙이 있으니, 아들이 방문 열기를 극구 거부하면 억지로 대화하려 하진 않았다. 그럴 땐 조금 시간을 두었다가 대화를 시도했다.

아내와도 협의했다. 아내가 혼을 내면 나는 달래주는 역할을 하고, 반대 상황이라면 반대 역할을 담당하기로. 물론 전자인 상황이 훨씬 많았다.

숨 쉴 구멍이 되어주는 역할을 맡으면서 아들과의 대화도 늘고 관계가 훨씬 부드러워졌다. 아이도 표현을 강하게 할 뿐이지, 본인의 잘못을 잘 알고 있었다. 차근히 들어주고 지지하면 적절하게 풀어냈다. 이는 자녀의 건강한 인격 성장과 연결되므로 아주 중요했다.

사춘기가 시작되면 엄마와 자녀 간에 갈등이 일어날 가능성이 크다. 이럴 때 아빠가 어설프게 나서서 상황을 더욱 악화시키기보다는 숨 쉴 구멍이 되어주면 좋겠다.

말이 바뀐 후 달라진 행동

대학 졸업 후 취업해서 지금까지 말로 먹고사는 일을 하고 있다. "말 한마디에 천 냥 빚도 갚는다"는 우리에게 익숙한 속담이 괜히 나온 것이 아니란 걸 여러 사례를 통해 경험했다.

아들의 반항심이 날로 심해져 골머리를 썩이던 어느 날, 아내가 진지한 표정으로 나를 안방으로 불렀다.

"여보, 민석이한테 말 좀 부드럽게 하면 안 돼?"
"무슨 말이야? 내가 말할 때 얼마나 신경을 쓰는데."
"잘 들어봐. 당신이 평소 어떻게 말하는지 내가 들려줄 테니."

아내는 몇 가지 예를 들어주었다.

"민석아, 거실에 개켜놓은 네 빨래 가져가."
"지금 몇 신데 안 자? 빨리 불 끄고 자라."
"게임 좀 그만해라. 숙제는 했니?"
"이리로 와봐. 아빠랑 이야기 좀 하게."

내가 정말 그랬단 말인가. 돌이켜 생각해보니 부인할 수 없었다. 굳이 변명하자면 비행 청소년 교육을 오랫동안 하다 보니 지시하는 말투가 습관이 된 듯했다.

유독 내 말에 민감하게 반응하는 아들의 모습이 이제야 이해가 되었다. 나 역시 사춘기 시절에 아버지의 지시적이고 강압적인 말투에 반발하곤 했다. 나도 충분히 컸다고 생각하는데, 그때마다 아이로 취급받는 것 같아 더욱 그랬다.

사춘기 전문가로 유명한 김현수 정신의학과 교수가 제안한 대화법이 마음에 크게 와닿았다. '힘그괜' 대화법인데, 집에 돌아온 아이에게 "힘들지?"란 말을 해주면 그것만으로도 온기를 느낀다고 한다. 대화할 때는 "그렇구나"라고 맞장구를 쳐준다. 마지막으로 "괜찮아"라고 말해주는 것이다. 이렇게 아이를 안심시키고 포용하고 격려하는 말을 자주 해주면 스스로를 믿고 자존감이 생긴다고 했다.

더불어 절대 하지 말아야 하는 말 또한 제시했다. "했니, 안 했니?"라며 확인하고 점검하는 말투를 반복하면 아이는 피한단다. "내 말이 맞지? 나니깐 이런 말 해주는 거야"라는 식으로 올바름을 강요하는 것도 숨막히게 만든다. 마지막으로 "영화 봤으니 이제 공부해. 옷 사줬으니 공부해야지" 등 모든 대화의 마지막을 공부로 마치는 것도 지양해야 한다고 강조했다.

배운 건 바로 써먹어야 했다. 그날도 아들이 학원에 갔다가 잔뜩 흐린 얼굴로 밤늦게 집에 돌아왔다. "아들, 공부하느라 고생 많았네. 힘들었지?"라며 안아주고 어깨를 두들겨주었다. 아들 얼굴엔 '이 아저씨, 왜 이래?'가 적혀 있었지만 밀어내지 않는 건 보니 첫 시작이 괜찮았다.

> "학원에서 시험 봤는데, 통과 못 해서 나머지 공부했어. 짜증 나."
> "그랬구나. 짜증 났겠네. 그럴 때도 있지. 괜찮아, 다음에 잘 보면 되지. 얼른 푹 쉬어야겠다. 아 참, 오늘 토트넘 경기 하는데 같이 볼래?"
> "알았어. 씻고 나올 테니 기다려줘. 내 방에서 같이 보자."

'힘그괜' 대화법이 제대로 통했다. 근래 아들과 대화 중 가장 따뜻한 바람이 불었다. 그날은 늦게까지 둘 다 좋아하는 스포츠 경기를 보면서 부자간의 정을 나눴다.

방심은 금물이었다. 조금이라도 정신을 놓으면 예전 말투가 튀어나왔다.

"밥 다 먹었으면 그릇 갖다 놔. 아니, 그릇 싱크대에 좀 갖다 놔줄래?"

"시험 얼마 안 남았지? 이제 공부해. 아니, 너무 스트레스 받지 말고, 아빠가 도움 줄 것 있으면 이야기하라고."

"표정이 왜 그래? 아니, 무슨 속상한 일 있나 보다. 힘내고."

상당한 인내심이 필요했지만, 아이의 변화가 눈에 띄자 계속 시도하게 되었다. 내 말투에서 지적이 사라지고 공감이 나타나니, 아들 역시 전보다 훨씬 부드럽게 변했다.

"생각이 행동을 만들고, 행동이 습관을 만들어 그 습관이 인생을 변화시킨다"란 명언처럼 변화를 꿈꾼다면 나부터 실천해보면 어떨까?

부모도 돌파구가 필요해

사춘기와 사투를 벌이던 시절, 내게 버틸 힘을 준 건 다름 아닌 글쓰기였다. 아들과 한바탕 하고 나면 그 힘든 감정을 글에 담아 털어냈다. 글의 힘은 대단해서, 쓰는 것만으로도 위로와 힘이 되었다.

실제 '저널테라피'란 심리 치료 기법이 있어서, 글을 통해 비로소 내면에 있는 목소리가 해방되어 해결되지 못한 감정이 처리된다. 분노나 두려움, 상처 등 내면의 생각과 감정을 명료하게 바라보면 그 과정에서 해소된다.

나 역시 글을 쓰면서 아들에 대한 감정이 정리되는 신기한 경험을 했다. 더 나아가 아들 입장에서 생각해보며 이해의 폭을 넓혔다. 더구나 참여 중이었던 글쓰기 모임 회원들이 블로그에 쓴 글을 읽고 공감과 위로의 댓글을 남겨주어서 더욱 힘을 낼 수 있었다.

문제는 아내였다. 나처럼 글쓰기에 취미가 있는 것도 아니고, 특별히 집중할 것이 없었다. 차오르는 분노 감정을 해결하지 못해 점점 시들어가는 모습이 보였다. 이래선 안 되겠단 생각이 들었다.

"여보, 운동하든지 악기라도 배우는 것이 어때? 아이도 아이지만 당신이 더 걱정이야."

"몰라. 너무 짜증 나. 지금은 의욕도 없고, 다 귀찮고 하기 싫네."

"그래요. 그래도 한번 생각은 해봐."

그렇게 걱정만 하던 중, 아들이 초등학교 저학년 때 같은 반이었던 학부모들과 오래간만에 연락이 닿았다며 모임을 다녀왔다. 아내는 즐거웠는지 꽤 늦은 시간에 집에 돌아왔다. 현관문을 열고 들어오는데, 평소와 달리 밝은 기운이 느껴졌다. 내 손을 붙잡고 안방으로 들어가더니 다짜고짜 선언했다.

"나 BTS 아미(팬클럽) 해보려고. 용철이 엄마 알지? 그 언니가 BTS 골수팬이고 아미로도 활동한 지도 오래되었더라고. 사실 관심은 있었는데 할 엄두가 안 났는데, 언니랑 이야기하면서 용기가 났어."

"잘됐네. 나도 적극 지원할게."

그때부터 아내는 BTS가 나온 영상을 복습하기 시작하더니, 늦은 시간까지 몰두했다. 나에게도 수시로 이야기해주었는데, 그전까지 대략적인 이름만 알고 있다가 많은 걸 알게 되었다.

그러던 어느 날, 안방에서 자려고 누웠는데 "꺄!" 하는 비명 소리가 거실에서 났다. 도둑이라도 든 건 아닌지 걱정스러운 마음에 달려갔더니, 아내가 BTS 멤버 콘서트에 당첨되었다고 비명을 질렀던 것이었다.

일반인은 응모조차 할 수 없는 경쟁률이 대단한 팬카페 추첨에서 당첨되었다고 춤을 출 듯이 기뻐했다. 이럴 때 점수를 따야 한다는 걸 다년간의 경험으로 체득했기에 티켓값을 내주기로 했다. 아내가 먼저 결제했는데, 금액을 보고 깜짝 놀랐다. 한 달 용돈의 절반이나 되었다. 하지만 아내가 기쁘다면 그깟 돈이 문제랴.

콘서트를 무사히 다녀온 후, 아내는 테이블 위에 응원 도구까지 늘어놓고 하나씩 설명을 해주었다. 나야 잘 모르지만 그저 고개를 끄덕이면 되었다.

"여보, 당신 얼굴이 20대 때처럼 빛나네. 공연 덕에 회춘했나 봐."

"그래? 요즘 주변에서 얼굴 좋아졌다는 말을 많이 듣긴 해."

"내가 BTS한테 상이라도 주어야겠다. 덕분에 피부과 비용도 절감하고."

농담처럼 한 말이었지만, 진짜 상이라도 주고 싶은 마음이 들었다. 잔뜩 흐린 하늘 같은 얼굴이 이제는 비 오고 난 뒤의 푸른 하늘처럼 활짝 갰다.

무엇보다도 아들과의 관계에도 긍정적인 영향을 미쳤다. 갈등은 피할 수 없기에 아내도 그렇고 나도 그렇고 종종 부딪히곤 했지만, 그럴 때마다 해소할 통로가 있으니 그 감정에 오래 머물지 않았다.

그날도 아들이 학원 문제로 나와 아내의 속을 후벼 팠다. 방으로 사라진 아들을 뒤로하고 나는 거실 테이블에 앉아 글을 쓰기 시작했고, 아내는 내 맞은편에 앉아 핸드폰으로 BTS 영상을 시청했다. 우리는 이렇게 각자의 방식으로 힘든 시기를 이겨내고 있었다.

때론 부모보다 좋은 멘토

누나에게는 듬직한 아들이 둘이나 있다. 첫째 조카는 어릴 때부터 영재 소리를 듣더니 과학고에 입학한 후 서울대에 진학했다. 둘째 조카는 배려심 많고 사회성이 뛰어나 학창 시절에는 반장을 도맡아 했고, 역시 서울 소재 대학의 컴퓨터학과에 들어갔다.

누나에게 어떻게 둘 다 그렇게 잘 키웠냐고 물어보면, 딱히 해준 것도 없는데 알아서들 잘 컸다고 대답해서 부러움에 치를 떨게 했다. 둘 다 학업 성취만 뛰어난 것이 아니라 성품 또한 훌륭했다. 조카들이 어릴 때부터 근처에 살아서 자주 봤는데, 배려심도 많고 친구 관계도 원만했다.

아들이 초등학교 저학년 때만 해도 조카들과 자주 어울리며 놀았는데, 시간이 지날수록 학업으로 바쁘다 보니 자연스레 소원해졌다. 형들과 어울리면 배우는 점이 참 많을 텐데 싶어 아쉬워만 하던 중, 적당한 시기에 둘째 조카에게 연락했다. 그리고 도움을 청했다.

"상민아, 요즘 삼촌이 속이 말이 아니다. 요 녀석이 사춘기가 심하게 와서 말을 듣질 않네. 네가 같이 만나서 요즘 어떤 생각을 하고 사는지 좀 이야기를 나눠보면 어떨까 싶네."
"저야 좋죠. 오래간만에 얼굴도 보고. 그때는 원래 다 그래요. 너무 걱정하지 마세요. 삼촌이 자리 만들어주면 제가 만나볼게요."

일단 조카는 포섭했는데, 아들이 문제였다. 아들에게 사전 동의도 받지 않고 진행했다간 나중에 큰 화를 입을 것이 불 보듯 뻔했다. 아들의 반응이 어떨지 예측이 안 되었지만 일단 정공법을 택했다. 상민이 형이랑 식사 자리 만들고 싶은데 어떠냐고 물었더니, 의외로 좋다고 했다. 낯선 사람 만나는 걸 극도로 꺼리더니 웬일인가 싶었지만, 나중에 말을 바꿀까 봐 그 주말로 날을 잡았다.

동네에서 유명한 고깃집을 예약했다. 약속 당일 식사를 하면서 계속 아들 눈치를 살폈다. 집에서처럼 입을 꽉 다물면 어쩌나 걱정이 되었다.

그런데 의외로 말도 잘하고, 절대 보여주지 않는 미소까지 짓는 것이 아닌가. 좋아하는 게임부터 농구까지 이야기가 술술 풀리더니, 급기야 학업 조언에도 고개까지 끄덕이며 호응했다. 다른 사람이 아들 몸에 들어가 있는 건 아닌지 하는 착각마저 들었다.

일단 최대한 대화에 끼어들지 않으려 노력하며 열심히 고기만 구웠다. 식사를 마치고 둘이 차를 마시면 어떠냐니 좋다고 했다. 인근 카페에서 음료를 주문해주고 먼저 집에 돌아왔다.

생각보다 꽤 오랜 시간을 보낸 후 아들이 집에 돌아왔다. 어땠는지 옆구리를 찔러보았다.

“형이랑 재밌는 시간 보내고 왔어?”

“뭐, 그냥 이야기하고 왔지.”

“형이 뭐라고 그러든?”

“너무 스트레스 받지 말라고. 다만 수학은 절대 포기하지 말래. 그것만 지키면 고등학교 가서 훨씬 수월하다고. 형이 시간 될 때 농구도 하자고 했어.”

아내와 내가 그렇게 이야기해도 귓등으로도 안 듣더니, 형 한마디엔 저렇게 고분고분했다. 괜히 크게 반응해서 역효과를 낼까 애써 덤덤한 척했다.

은근슬쩍 살펴보니, 조카랑 문자나 통화도 하면서 지내는 듯했다. 주말의 나가기에 물어보았더니 조카랑 농구하기로 했단다. 형이랑 맛있는 것 사서 먹으라고 용돈도 쥐어 보냈다.

조카와 교류하면서 전보다 훨씬 표정이 밝아졌다. 말끝마다 "상민이 형이 그랬는데"라며 조카의 말을 스펀지처럼 흡수했다. 어떨 땐 내 말보다 조카 말을 잘 듣는 모습에 질투가 나기도 했지만, 그저 고마운 일이었다.

사춘기 시절엔 롤 모델이 중요하다. 가장 가까이에 있는 부모라면 좋겠지만, 알다시피 쉽지 않다. 그렇다고 수평적 관계의 친구가 그 자리를 대신할 수는 없다.

그럴 땐 주변에 좋은 영향을 미칠 수 있는 멘토를 활용해 보면 어떨까? 친척, 지인 자녀 중에는 반드시 엄친아가 있기 마련이다. 그런 사람과 꾸준히 관계를 유지하면 부모보다 훨씬 긍정적인 효과를 가져다줄 것이다. 주저 말고 주변을 살펴보자.

사춘기의 내리막

봄이 끝나고 본격적인 불볕더위가 시작되었다. 기후위기라는데도 계절만큼은 때가 되면 어김없이 옷을 갈아입는다.

요즘 계절만큼이나 아들의 변화가 놀랍다. 퇴근하고 집에 오면 "아빠, 수고했어"란 살가운 말도 건네고, 옆에 앉아 침을 튀기며 축구 이야기에 열을 올렸다. 맑은 햇살처럼 생기 가득한 얼굴을 바라보며 예전에 좋아했던 영화 속 명장면이 떠올랐다. 검은 슈트에 검은 선글라스를 쓴 터미네이터가 했던 "I'll be back"이다. 최근엔 진로이즈백이 더 유명하지만.

드디어 길고 길었던 사춘기의 터널이 끝나고 다시 예전의 사랑스러운 아이로 돌아오는 것일까? 하지만 방심은 금물이었다. 언제 다시 송곳 같은 말과 행동으로 마음을 후벼 팔지 모를 일이니까. '사춘기 종료' 설문지라도 있다면 해보겠지만, 없으니 개별 테스트를 해보는 수밖에. 마침 아버지가 주말에 할아버지 산소에 다녀오자고 했다.

아들이 사춘기에 들어서면서부터 가장 하기 싫어하는 대표적인 일이 밖에 나가서 사람을 만나는 일이었다. 더구나 게임하기에 가장 좋은 황금 같은 주말이었다.

"아들, 주말에 할아버지, 할머니랑 우리 식구 같이 산소에 갈래?"
"자리도 좁은데 다 갈 필요가 있나. 내가 대표로 갈게. 엄마랑 동생은 집에 있으라고 해."

할머니의 질문 공세에 아들은 전 같으면 뚱하게 입을 다물고 있었겠지만, 그날은 적당히 답변도 잘하고 궁금한 점을 묻기도 했다. 차 앞 유리에 비친 모습에 흐뭇한 미소를 지었다. 산소에 도착해서는 짐도 들고, 높은 턱에 올라가기 힘들어하는 할머니 손도 잡아주었다. 열심히 잡초를 제거하고, 비석도 깨끗이 닦았다.

아들의 듬직한 뒷모습을 잠시 바라보았다. 키만 불쑥 큰 줄 알았더니 그사이 마음은 더 많이 자랐구나 싶었다. 벌초를 마치고 점심 식사 자리에서도 말도 잘하고 화기애애한 분위기를 만들었다. 이제 조금은 마음을 놓아도 되려나.

며칠 후, 지인과의 모임이 있었다. 다들 비슷한 또래의 자녀가 있어서 만나면 자연스레 아이들 이야기로 향했다. 얼마 전까지만 해도 사춘기라는 공통 주제로 성토대회가 이어졌다. 사춘기에 아이들이 겪는 심리적 변화만큼이나 그걸 온몸으로 받아내는 부모의 스트레스도 상상 이상이었다. 세상 온순했던 아이가 한순간에 헐크로 돌변하니, 어떻게 대해야 할지도 모른 채 소용돌이 속으로 함께 빠져들었다.

그런데 다들 표정이 전보다 한결 밝았다. 근황을 묻다가 그중 한 친구가 중학교 3학년인 딸이 사춘기의 정점을 찍고 내려온 것 같아 살 것 같다며 포문을 열었다. 방문을 걸어 잠그고 예민하게 밀어내더니, 이제는 닫힌 문을 조금 열었다고 했다.

무엇보다도 대화가 되는 것이 가장 큰 변화였다. 마치 4면이 거울인 방에 갇혀 저만 바라보다가, 이제 조금씩 타인이 눈에 들어오는 것 같다는 그의 표현이 무척 공감이 갔다. 그 뒤로 다른 지인들도 비슷한 경험을 나눴다.

생각해보니 우리 아이도 그랬다. 전에는 나와 아내가 하는 말을 무조건 잔소리로만 여기고 밀어내더니, 이제는 어느 정도 받아들이고 수용하는 모습이 보였다. 더 나아가 본인이 잘못한 점에 관해서도 받아들였다. 말이 통하기 시작했다.

심리학자 셀만은 '사회적 조망 수용'으로 이를 설명한다. 자신과 타인의 관점을 구별하고 상대방의 관점에서 사건이나 사물을 이해하는 능력이 생겼다는 말이다. 무엇보다도 같은 상황에 대해 자신과 다른 생각을 한다고 해서 남이 틀렸다고 인식하지 않는다. 청소년기에 이 능력이 잘 발달해야 나중에 건강한 사회인이 될 수 있다고 강조했다.

아이뿐 아니라 나도 함께 성장했다. "아직 어린데 뭘 알겠어? 내가 하나라도 더 알려줘야지", "말귀 좀 제발 알아들어라"라며 일방적으로 내 입장만 주입하려 했는데, 돌이켜보니 모두가 나름의 속도로 한발 한발 나아가고 있었다.

다시 그때로 돌아간다면 좀 더 기다려주었을 텐데, 하는 아쉬움이 남았다. 그래도 이제는 타인을 바라보는 관점이 생겼으니 잘되라고 했던 아빠 마음도 조금은 이해해주려무나.

얼마 전 길에서 엄마, 아빠의 양손을 꼭 붙잡고 아장아장 걸어가는 아기를 보았다. 조금만 걸어가도 안아달라, 업어달라 떼쓰는 탓에 힘들었던 시절도 있었는데, 훌쩍 커서 저만치 떨어져 걸어가는 아이를 보면 새삼 그 시절이 그립다. 그렇게 친밀하게 가까운 시기는 금세 지난다. 그렇다면 서로 치고받았던 사춘기 시절도 지나면 그리운 추억으로 남지 않을까.

그런데 요사이 딸의 방문이 닫히기 시작했다. 부쩍 말투도 냉랭해지고 짜증이 늘었다. 아들이 정점을 찍고 내려오던 시기와 맞물려 슬슬 딸의 사춘기가 시작되려나 보다.

벌써 몸 안의 세포가 위험을 감지하고 경계 태세를 갖췄다. 또다시 전쟁이란 말인가? 그래, 한번 가보자. 다만 지난 잘못을 반복하지 말고 이번엔 좀 더 의연하게 대처하는 거야. 나는 할 수 있다고.

4장

사춘기와 공존 그리고 행복

아들과 지리산 여행 중에 발견한 그것

여행이 다가올수록 마음이 조급했다. 처음 가보는 길, 혹여나 헤매면 어쩌나 하는 걱정이 앞섰다. 도서관에서 지리산 관련 책도 빌려 읽고, 블로그 포스팅도 부지런히 챙겨 보았다. 자꾸 보니 대충 어떻게 가야 하는지 감이 왔다. 모르면 네이버 지도가 있으니 덜 걱정해도 좋으련만.

여행은 늘 예상대로 흘러가지 않기 마련이다. 토, 일 전체 일정으로 잡았던 계획은 아들이 일요일 저녁에 학원에 가야 해서 조정이 불가피했다. 원래는 토요일에 둘레길 1코스, 일요일에는 2코스를 종주하려 했다. 결국 일요일 일정은 오전에 인근을 산책하는 것으로 바꾸었다.

그래도 마음이 놓이지 않았다. 시간대별로 일정표를 짜보았다. 이렇게 해야 여행지에서의 변수를 최소한으로 줄일 수 있으리라. 한글 문서로 작성한 후 최종 아들에게 결재를 맡았다. "괜찮은데?"란 한마디가 부서장 칭찬보다도 좋다.

금요일엔 조퇴까지 하고는 마트로 향했다. 간식을 사기 위해서였다. 초콜릿, 사탕, 과일 등 당을 보충할 소중한 자원이었다. 집에 와서 내 것 반, 아들 것 반으로 나누었다. 배낭을 꺼내 옷가지와 필요 물품 등을 채워 넣었다. 오가는 버스에서 읽을 책은 필수였다.

준비를 마치고 저녁 일찍 침대에 누웠는데 잠이 오지 않았다. 처음 소풍 가는 아이처럼 내내 설렜다. 밤새 두 시간 간격으로 깨다가 결국 7시에 일어났다. 빠진 짐은 없는지 챙기다가 아들을 깨웠다. 맙소사. 전날 그렇게나 미리 준비하라고 했건만 짐을 하나도 싸지 않았다. 급하게 씻고 옷가지를 챙겨 넣었다. 다행히 버스 시간은 여유가 있었다.

지하철을 타고 고속버스터미널에 도착했다. 날이 갑자기 추워져서 그런지 생각보다는 한산했다. 버스를 탄 후 나는 책을 읽었고, 아들은 핸드폰을 만지작대다가 금세 잠이 들었다. 아마도 전날 늦게까지 자지 않은 게 분명했다. 요즘 버스는 참 편해서 침대에 누운 듯 머리, 허리, 다리까지 섬세하게 살폈다.

차가 막혀서 30분이나 늦어져 도착했다. 점심은 미리 찾아보았던 애호박찌개국밥집이었다. 사실 아들은 썩 내키지 않아 했다. 애호박의 식감이 별로라 했지만 그래도 함께 가주었다. 다른 메뉴를 택하려다 사장님이 "애호박집에 왔으면 그걸

먹어야지!" 하는 한마디에 그대로 항복했다.

맛은 정말이지 끝내주었다. 달콤할 거란 예상과 달리 어찌나 칼칼한지. 돼지고기도 푸짐했다. 아들도 엄지척 하며 깨끗이 비웠다. 식사를 마치고 다시 터미널로 가서 택시를 타고 주천안내센터로 갔다. 대략 10분 정도 걸렸다. 택시 기사님은 지금이 오히려 둘레길을 걷기에 좋다며 힘을 팍팍 주었다.

예전에 제주도 둘레길도 11월에 갔는데 날씨도 적당하니 좋았던 기억이 있었다. 도착해서 안내센터 직원분께 다시 한번 길을 묻고 지도도 꺼냈다. 직원은 친절하게 밖에까지 나와서 안내해주었다.

두려움 반, 기대 반으로 그 길을 따라나섰다. 이보다 아름다울 수 없는 날씨였다. 그 넓은 평야에 덩그러니 둘만 남았다. 우리는 그 길을 걸으며 각자 가슴에 품은 기대를 꺼내놓았다. 아빠는 아들과 떠나는 여행의 설렘을, 아들은 잠시나마 공부란 감옥에 해방된 자유를 나눴다. 걷다가 잠시 멈춰 금빛 출렁이는 풍경을 배경 삼아 사진도 찰칵 찍었다.

"아빠, 둘레길인데 왜 계속 산을 오르는 거야?"

"그러게. 근데 다 왔어. 힘내."

사실 둘레길 1코스는 1시간 정도 계속 산을 올라야 했다. 끝도 없이 이어지는 오르막은 꽤 힘이 들었다. 한 달간 꾸준히 저녁 달리기를 하지 않았더라면 퍼졌을지도 몰랐다. 사정을 모르는 아들은 나이 먹으면 체력이 좋아지냐는 말로 내 어깨를 으쓱하게 했다. 중간중간 쉬면서 물도 마시고 간식도 먹으며 지친 몸을 달랬다.

지나다가 지리산 반달곰을 조심하라는 현수막을 보고 말았다. 겁이 많은 부자는 곰이 나타나면 어떻게 대처할지 한참을 토론했다. 무시, 도망, 죽은 척 등등 여러 방법을 생각했지만, "만나면 죽음이다"로 결론 났다. 무겁다고 놓고 온 스틱이 못내 아쉬웠다. 가뜩이나 사람이 코빼기도 보이지 않는 인적이 드문 곳이라 좁은 길을 지날 때마다 뭐라도 튀어나올까 두려웠다.

무서움은 이야기로 달랬다. 우리의 대화는 꽤 재밌었다. 요즘 책에 푹 빠진 아이와 책 이야기를 나누다가, 불쑥 아내를 만난 그때로 갔다가, 다시 삶과 죽음의 애매한 경계선에 다다랐다. 대중없는 아무 말 대잔치면 어떠랴. 오래간만에 아들과 찐 대화를 나눌 수 있어서 그 자체로 행복했다. 물론 중간중간 서로를 헐뜯으며 무딘 칼날을 들이대기도 했지만.

드디어 내리막을 만났다. 내가 사랑하는 오솔길이었다. 둘레길다운 길을 내려가다 이제는 평지였다. 시골 마을을 지나며 색다른 즐거움이 찾아왔다. 여전히 길에는 우리뿐이었고, 신기한 듯 연신 주변을 두리번거렸다. 서울 촌놈인 우리에겐 신세계가 따로 없었다. 비닐하우스에서 키우는 정체 모를 작물이 무엇인지 맞춰보고, 예전에 군대에 있을 때 농촌 지원 갔던 이야기도 나눴다.

그러다가 장인어른과 왔던 추억을 아들에게 들려주었다. 정확히 이맘때, 아버님과 나는 저 꼭대기 어디쯤을 오르고 있었다. 산장의 좁은 침상에서 제대로 씻지도 못하고 물티슈로 대충 세수하고 새우잠을 잤다. 아들과 지금처럼 참 많은 이야기를 나누었고, 산장에서 일몰을 바라보며 긴 침묵에 빠지기도 했다. 이곳에 다시 오니, 13년 전의 추억이 마치 어제처럼 느껴졌다. 녀석도 시간이 많이 흘러 내가 사라져도 나와 함께 한 이때를 기억해주려나?

4시간 반을 꼬박 걸어 민박집에 도착했다. 인상 좋은 사장님 부부는 방을 안내하며 얼른 씻고 식사하러 오라고 했다. 방은 넓고, 가운데 돌침대도 있었다. 공용 세면장도 따뜻하고 쾌적했다. 간단히 씻고 식당에 가니 푸짐한 음식이 준비되어 있었다. 김장을 했다며 수육과 갖가지 나물 반찬, 만두전골까지 보글보글 끓고 있었다. 빠질 수 없는 막걸리 한 통을 주문했다. 덕분에 아들이 따라주는 술도 받아 마셨다. 주도는 역시 어른에게 배워야 한다는 주론이 있는데, 어설프게나마 두 손으로 따르는 모습을 보니 왠지 뿌듯했다.

배도 두둑하고 살짝 알딸딸하니 기분이 구름 위를 떠다녔다. 따뜻한 방구석에 누워 각자 핸드폰 삼매경에 빠졌다. 나는 요즘 사랑하는 OTT 드라마를 보았고, 아들도 무언가에 심취

했다. 그렇게 잠이 들어 피곤한 하루를 떠나보냈다.

아침에 일어나 잠시 주변을 산책했다. 돌담집이 정겨웠다. 지리산에서 흘러나온 물줄기가 마을 곳곳을 흐르고 있었다. 가뿐한 마음으로 아침을 먹으러 가려는데, 아들은 잠을 더 잔다고 했다. 밤새 숙제를 했단다. 교재를 챙기길래 설마 했는데, 대단하다, 정말. 아내가 보았으면 저 하늘 끝까지 날아갔을 텐데. 아쉽네.

자연이 오롯이 담긴 아침 밥상을 깨끗이 비우고, 이제는 떠날 준비를 했다. 씻고 방 정리를 한 후에 다시 길을 나섰다. 사장님은 저 멀리서 뛰어나와 가는 길을 알려주었다. 하지만 그곳은 둘레길 2코스로 향하는 길이었다. 아쉬움에 발길을 돌려 운봉읍으로 향했다. 대략 30여 분을 걷고, 거기서 택시를 탔다.

택시 기사님은 먼 서울에서 왔으면서 짧게 머물다 가서 어쩌냐며 아쉬워했다. 학원만 아니면 지금쯤 더 걷고 있으련만. 그러다가 점심 이야기가 나왔고, 남원에 왔으면 추어탕을 먹어야 한다며 현지인이 가는 맛집을 알려주었다. 식사를 마치고 터미널까지 30여 분 걸으면 되었다.

역시 현지인이 추천하는 음식이 최고였다. 된장 베이스에 전혀 자극적이지 않은 순한 맛이 혀를 녹였다. 아들은 국물 한 방울 남기지 않고 싹싹 긁어 먹었다. 아침만 먹지 않았으면 밥 한 공기 더 먹을 텐데 아쉬웠다.

천천히 걸으며 여정을 마무리했다. 마지막까지도 지리산 자락의 가을은 유혹의 손짓을 보냈다. 아내에게 사망 선고당할 각오를 하고 하루 더 있을까 생각해보았지만, 이내 고개를 저었다. 괜히 생명을 재촉할 필요는 없었다. 버스에서 깨다 졸기를 반복하던 중, 불쑥 아들에게 물었다.

"아들, 아빠는 너랑 와서 참 좋았어. 우리 다음에 또 올까?"

"그래."

"괜찮아"가 "그래"로 바뀌는 순간, 차오르는 감동으로 아들 손을 꼭 잡았다. 그 속에 담긴 여러 의미를 알기에, 나는 또 내년 계획을 머릿속에 담아본다. 그저 상상만으로도 흐뭇한 미소를 가득 지은 채로.

아들과의 독서 모임

아들이 고등학교에 입학했다. 즉, 시간이 더욱 없어졌단 뜻이었다. 아내는 당분간 독서 모임 방학을 선언했고, 딸은 이제 막 사춘기에 진입해서 방에서 잘 나오지도 않아서 얼굴을 보기 힘들었다. 5년간 이어온 가족 독서 모임이 이대로 끝이 나는 걸까? 혹시나 싶어 아들에게 물었다.

"아들, 아빠랑 둘이서 독서 모임 할까?"
"그래, 하자."
"정말? 나중에 말 바꾸기 없기다."
"응."

허튼말은 절대 안 하는 녀석이다. 그런데 왜 한다고 했을까? 기쁘면서도 찜찜한 기분을 한구석에 간직한 채 독서 모임만 손꼽아 기다렸다. 시간은 금세 흘렀고, 드디어 그날이 다가 왔다. 토요일 저녁, 아들에게 저녁 8시까지 테이블로 오라고 했다.

5분, 10분, 오지 않는 아들을 기다리며 속으로 '참아야 해'를 수없이 되뇌었다. 드디어 15분이 지난 시점에 잠옷 차림의 텅 빈 얼굴을 한 아이가 빈손으로 나타났다.

"책은?"
"반납해버렸네."
"그래도 책은 가져와야지."
"말로 하면 돼."

아무렴 어때. 이렇게 와준 것만으로도 고마워해야지. 가위바위보로 순서를 정하자고 했는데, 내가 졌다. 시작부터 아들은 자세가 삐딱하니 협조적이지 않았다. 하지만 상관없었다. 나에게는 비장의 무기, 바로 '쌈빡한 줄거리 설명'이 있었기 때문이다.

내가 고른 책은 박민규의 《죽은 왕녀를 위한 파반느》였다. 무명 배우의 아들이었던 '그'는 나중에 부가 유명해지면서 모와 함께 버려진다. 가슴 한가득 공허만 가득 찬 그는 작가가 되려다가 백화점에 취업한다. 그곳에서 그와 닮은 '요한'과 친해져서 함께 어울려 다닌다. 그러던 중 눈에 띄게 못생긴 '그녀'를 만난다. 외모로 인해 백화점에서 왕따를 당하던 '그녀'에게 끌려 '그'는 결국 고백한다. 셋이서 행복한 시간도 잠깐, 요한의 자살 시도로 둘의 관계도 멀어졌고, '그녀'는 '그'를 떠난다. 하지만 '그'는 '그녀'를 잊지 못해 재회하는데, 그날 교통사고를 당해 2년간 의식 없는 상태로 병원에 누워 지낸다. 13년이 지난 후, 우연히 '그'는 '그녀'가 독일에 산다는 것을 알고 찾아간다. 둘은 만나서 오해를 풀지만, 깜짝 놀랄 만한 반전이 있었다.

1. 아빠의 질문

1) 책 표지를 보고 이상한 점은 없었는지?

- 궁중의 모습으로 보이며 사람들 모두 흑백인데, 난쟁이로 보이는 한 사람만 색이 있다. 그 이미지가 강렬하다.

아빠의 설명: 책 표지는 벨라스케스의 〈시녀들〉이란 작품으로 왕녀 마르가리타를 돋보이게 하려 왜소한 사람을 등장시켰다. 그리고 책의 제목은 벨라스케스의 작품 〈왕녀 마르가리타〉를 보고 감명받은 라벨이 작곡한 곡의 곡명이다.

2) 작가는 잘생기고 예쁜 사람만 주인공이 된다는 점에 반발하여 못생긴 사람이 주인공인 작품을 썼다는데, 느낀 점이 있는지?

- 사람은 본디 잘나거나 못생기지 않았다. 세상의 잣대로 못생긴 사람이 있다손 치더라도 사람들이 그걸 판단할 수 있는 권한이 없다. 더구나 그걸로 차별하는 건 잘못된 일이다. 학교에서 남학생들끼리 서로 놀리듯 이야기하는 건 본 적 있지만, 여학생을 대상으로 그런 적은 없었다.

3) 외모와 상관없이 사랑할 수 있는지?

- 솔직히 외모는 크게 상관없다. 사람마다 가진 매력이 달라서 외모만으로 좋아할 순 없다. 방송이 문제인 것 같기도 하다. 외모가 중요하다고 은연중에 강조하는 것이 사람들에게 영향을 미친다. 다들 예쁘고 잘생길 순 없지 않은가? 난 외모보다는 매력을 보고 싶다.

아들의 책은 천선란 작가의 《노을 건너기》였다. 주인공 '공효'는 우주 비행사로, 캡슐 알약을 먹고 AI가 구현한 어린 자신을 만나는 여행을 시작한다. 어린 공효는 엄마의 무관심에, 때로는 친구의 말에 상처받고 아파한다. 어른인 공효는 그 모습을 지켜보며 어린 공효를 조금씩 이해한다. 둘은 함께 노을을 건너기 위한 여행을 떠나는데, 우여곡절을 겪는다. 과연 그 둘은 안전하게 노을을 건널 수 있을까?

2. 아들의 질문

1) 만약 과거의 '나'로 돌아갈 수 있다면 어디로 가고 싶은가?

- 대학교 1학년 때 누나가 일본에서 유학 중이었는데, 부모님이 누나를 만나러 일본을 가보라고 했지만 가지 않았다. 그때만 해도 해외여행에 관한 간절함이 없었다. 과거로 돌아간다면 일본뿐 아니라 다양한 나라를 여행하고 싶다.

2) 어린 시절 나에게 조언할 수 있다면 무슨 말을 하고 싶은지?

- 어린 시절 나는 겉으로는 대범한 척했지만, 속으로는 몹시 약하고 소심한 존재였다. 그걸 감추기 위해서 오히려 센 척했다. 그래서 있는 그대로의 나를 사랑하라는 말을 해주고 싶다. 소심한 대로 살아도 주변이 떠나거나 배척하지 않는다고 알려주겠다.

3) 과거의 일부가 바뀌면 현재도 바뀔까?

- 한때 과거에 집착해서 안타까워한 적이 많았는데, 이제는 지금 살아가는 현재가 가장 중요하다고 생각하며 최선을 다하고픈 마음이 크다.

소감

아빠의 소감: 가족 독서 모임을 한다고 해서 고마웠다. 오늘 나눈 책 모두 그 안에 심오한 뜻이 있었고, 그걸 함께 나눌 수 있어서 뜻깊었다.

아들의 소감: 오늘 책이 흥미로웠다. 나중에 아빠가 소개해준 책도 꼭 읽어보고 싶다. 무언가 심도 있는 이야기를 나눈 것 같다.

독서 모임을 하면서 왜 아들이 하자고 했는지 알 것 같았다. 아들도 나처럼 책을 읽고 나누는 시간을 원했던 게 분명했다. 더욱 바빠진 학업에서 잠시나마 벗어나 숨통이 트이면 좋겠다. 평소에 책을 좋아하고 많이 읽는 것은 알았지만, 이렇게나 속이 꽉 찬 줄 독서 모임을 통해 알았다. 그래서 아들과의 독서 모임을 지켜야겠다고 다짐했다.

앞으로 한 달에 한 번씩 주말에 독서 모임을 이어갈 예정이다. 아들의 사소한 행동에 일희일비하지 말고 거시적으로 바라보아야겠다. 본인이 좋아서 선택한 모임인 만큼, 아들을 믿고 나 역시 독서를 게을리하지 말아야겠다. 이 모임은 어떻게 해서든지 끌고 가야겠다는 무거운 책임감을 느끼면서.

따로 또 같이

봄이 절정이었다. 주말에 아내와 공원에 가기로 했다. 저녁에 퇴근하고 돌아와 저녁 식사를 하면서 이야기를 나누었다.

"이번 주말에 우리 가족 모두 공원에 가면 어떨까?"
"난 안 되는데. 친구들이 축구 경기를 하자고 했어."
"그래? 어쩔 수 없네. 그럼 엄마랑 동생이랑만 다녀올게."
"알았어."

전 같으면 서운한 마음을 표현하며 어떻게든 같이 가자고 했을 텐데, 그것보단 아이의 의사를 존중해야 함을 알기에 그대로 두었다.

주말이 되어 돗자리와 간단한 먹거리를 챙겨서 인근 공원으로 향했다. 날이 좋아서 그런지 사람들로 바글댔다. 적당한 곳에 자리를 잡았다. 따사로운 햇살과 불어오는 봄바람에 기분마저 상쾌했다. 딸은 공원 한쪽에 마련된 강아지 놀이터를 다녀오겠다고 떠났다. 옆에서 봄을 맘껏 느끼고 있는 아내에게 말을 걸었다.

"여보, 민석이 때문에 참 많은 일이 있었다. 그렇지?"

"어휴, 말도 마. 난 맘고생에 10년은 늙은 것 같아."

"맞아. 그래도 요즘 민석이 보면 확실히 전보다는 많이 달라진 것 같아. 말하는 거나 행동하는 것 보면."

"모르겠어. 나는 아직도 조마조마해."

"당신이 고생 많았네."

우리는 잠시 말없이 서로를 바라보았다. 아들의 사춘기로 울고 웃었던 말 못 할 그 시간을 복기하는 것처럼. 그 험난한 시기를 의지하며 그래도 잘 버텨냈다. 물론 여전히 온갖 신경질과 짜증을 부리는 때도 있지만, 그 빈도와 강도는 확실히 줄어들었다.

이런 평온한 일상이 낯설면서 소중했다. 이제 슬슬 사춘기의 초입 증세가 보이는 딸이 두렵긴 하지만, 이미 한 번은 경험했기에 다음번엔 훨씬 나으리라 긍정 확언을 해보았다.

슬슬 출출해졌다. 고기를 먹고 싶다는 딸의 요청에 따라 자리를 정리하고, 동네에서 맛집으로 유명한 고깃집으로 향했다. 도착하니 이미 사람들이 자리를 모두 차지해서 대기해야 했다. 예약을 걸고 대기석에 앉아 있는데, 아들에게서 연락이 왔다.

"아빠, 어디야?"
"밥 먹으러 식당에 왔는데. 왜?"
"지금 축구 끝나서. 그럼 나도 같이 먹어도 돼?"
"당연하지. 아직 대기 중이야. 얼른 와."

조금 있으니 땀에 젖은 아들이 나타났다. 시작은 따로였지만, 저녁에 다시 온 가족이 모였다. 우리 차례가 되어 안에 들어갔다. 자리에 앉으니, 아들이 숟가락 통에서 수저와 젓가락을 꺼내 각자 자리에 놓았다. 고기가 지글지글 익어가는 모습을 바라보며 시원하게 맥주 한잔을 마셨다. 아들은 옆에 있는 동생에게 장난을 걸며 웃었다. 얼마 전만 해도 밖에 나가자면 거부하던 아이가 이렇게 밝은 모습을 보이니 그저 바라만 보아도 행복했다.

아들에게 고등학교 생활에 관해서 물으니, 생각보다는 괜찮다고 했다. 벌써 친하게 지내는 친구들도 몇 명 생겼고, 특별활동으로 축구부에 들어서 좋아하는 축구도 즐기고 있었다.

중학교가 끝날 무렵 친구 관계에 소극적이라 걱정을 많이 했건만, 다행이었다.

그간 아이도 부모도 모두 힘들었다. 하지만 포기하지 않고 관계를 회복하려 많이 노력했다. 아이를 있는 그대로 받아들이려 했고, 비난과 꾸중보다는 칭찬과 인정하기를 실천했다. 그런 노력이 차곡차곡 쌓였다. 때론 포기하고 싶은 적도 있었지만 내 아이이기에 그럴 순 없었다. 지금 잘 지내는 모습을 보니 그 시간이 헛되진 않았다 싶다.

지금 자녀의 사춘기로 힘든 부모가 있다면 절대 포기하지 말라고 말해주고 싶다. 부모가 사랑과 관심을 가지고 든든한 버팀목이 되어준다면, 반드시 예전의 사랑스러웠던 아이로 돌아올 것이다. 훨씬 안정적이고 성숙한 관계로 말이다.

이제는 행복해지고 싶다는 아이

벚꽃이 흐드러지게 핀 주말 저녁, 오래간만에 온 가족이 저녁을 먹고 인근 안양천으로 꽃구경을 갔다. 아내와 딸, 나와 아들이 둘씩 짝을 지어 그림 같은 길을 걸었다. 그때였다.

"아빠, 나 이제 행복해지고 싶어."
"정말?"
"문득 그런 생각이 들었어. 무얼 잘하고 무엇이 돼서 행복한 것이 아니라 지금 나대로 행복해지고 싶어."

그 말이 무어라고, 가슴 깊은 곳에서 울컥 올라왔다. 초등학교 6학년 말부터 중학교 3학년까지, 장장 3년간의 시간이 주마등처럼 흘러갔다. 그저 아무 말 없이 아들의 어깨를 두드려주었다.

아들의 사춘기가 하늘을 뚫었던 시절, 그래도 걷는 걸 좋아했기에 주말이면 하루는 안양천 산책을 나섰다. 특별히 하는 일은 없고 그저 걸으며 이야기를 나누는 것이 다였다.

그 시기엔 부정적인 이야기로 점철되었다. 아이는 나에게 여러 질문을 하곤 했는데, “아빠는 현재 삶에 만족해? 매일 늦게까지 회사 다니는 모습을 보니 불쌍해. 나는 공부를 왜 해야 하는지 모르겠어. 아무것도 하기 싫어. 미래는 불행할 것 같아” 등등 들으면 들을수록 한숨이 절로 나왔다. 그럴 때마다 반박하고픈 마음에 장밋빛 미래를 열심히 그려주었지만, 아이는 하나도 받아들이지 않았다.

초록우산어린이재단에서 초등학교 2학년부터 고등학교 2학년을 대상으로 조사한 ‘2023 아동행복지수’에 따르면, 2023년의 아동행복지수는 4점 만점에 1.66점으로 2021년 1.68점, 2022년 1.70점과 비교했을 때 최근 3년 중 가장 낮은 것으로 조사됐다.

수면, 공부, 미디어, 운동 등 4개 영역 중 수면과 공부 영역에서 과소 수면은 10.4퍼센트포인트, 과다 공부는 14.5퍼센트포인트 증가했는데, 이는 적게 자면서 공부하는 데 많은 시간을 보낸다는 뜻이다. 실제 4개 생활 영역이 권장 시간 기준을 초과하거나 부족한 경우 기준에 맞게 생활하는 아동에 비해 행복감이 1.23점 더 낮은 것으로 나타났다.

활동별 행복감을 살펴보면, 아침과 저녁에 가족과 함께 식사하는 아동의 행복감은 7.38점인 데 비해, 혼자 밥을 먹는 아동의 행복감은 6.57점으로 0.81점이나 낮게 나타났다. 하교 후에는 집에서만 시간을 보내는 것을 선호하는 아동의 행복감은 6.69점으로, 그렇지 않은 아동이 7.05점인 것보다 낮았다.

문제는 충동적 자살 생각, 우울·불안을 느끼고, 보호자로부터 방임과 정서 학대를 경험했다고 대답한 아동도 매년 꾸준히 증가하는 추세다.

불행한 아동의 전형이 바로 우리 집에 있었다니. 아들은 사춘기가 시작될 무렵 코로나의 직격탄을 맞았다. 내향적인 성격은 더욱 강화되어 방에만 있으면서 핸드폰으로 게임하는 시간만 늘어났다.

특히 학업이 가장 큰 문제였는데, 학구열이 높은 아내와 매번 부딪쳤다. 어릴 때부터 학원도 많이 다니고 밤늦도록 숙제하는 일도 잦았다. 사춘기가 시작되기 전만 해도 잘 따라오는 듯 보였지만, 이내 버거워했고 무기력을 동반했다. 아들은 학원도 빠지고 숙제도 하지 않아서 자주 아내에게 혼났고, 결국 반항과 포기라는 격한 행동으로 나타났다.

나도 아내도 나중에 아들이 행복해지길 바라는 마음에 교육하는 건데, 지금이 행복하지 않다면 무슨 의미가 있을까 싶었다. 그때부터 학원을 끊어보기도 하고, 잔소리보단 진정한 대화를 시도하고, 함께하는 시간을 늘리며 상담도 받는 등 할 수 있는 건 다 해보았다. 당장 극적인 변화는 없었지만 그래도 조금씩 달라지기 시작했다. 굳게 닫힌 방문이 열리고, 경직된 표정이 한결 편안해지며 말문이 트였다. 때로는 사춘기 이전의 짓궂은 얼굴도 보여주며 아내와 나를 기쁘게 했다.

처음 하는 일은 누구나 시행착오를 겪듯이, 사춘기 앞에 아들도 부모도 모두 서툴다. 그래서 아들이 행복하고 싶다는 말에 누구보다 기뻤다. 아들이 변화하는 모습에 나도 느낀 점이 많았다. 나 역시 현재의 행복은 간과한 채 손에 잡히지도 않는 먼 미래만 보고 아등바등 사는 것은 아닐는지.

그래서 아들이 행복해지고 싶다는 말을 지켜주고 싶다. 가만히 있다고 행복이 찾아오는 건 아니다. 부모와의 긍정적인 관계 형성이 자녀의 행복에 지대한 영향을 미친다는 연구 결과처럼, 지금 중요한 것이 무엇인지를 잊지 않고 아들과 좋은 관계를 유지해야만 가능한 일이다.

어렵게 얻은 지금의 평화를 지키기 위해 나는 계속 노력할 것이다.